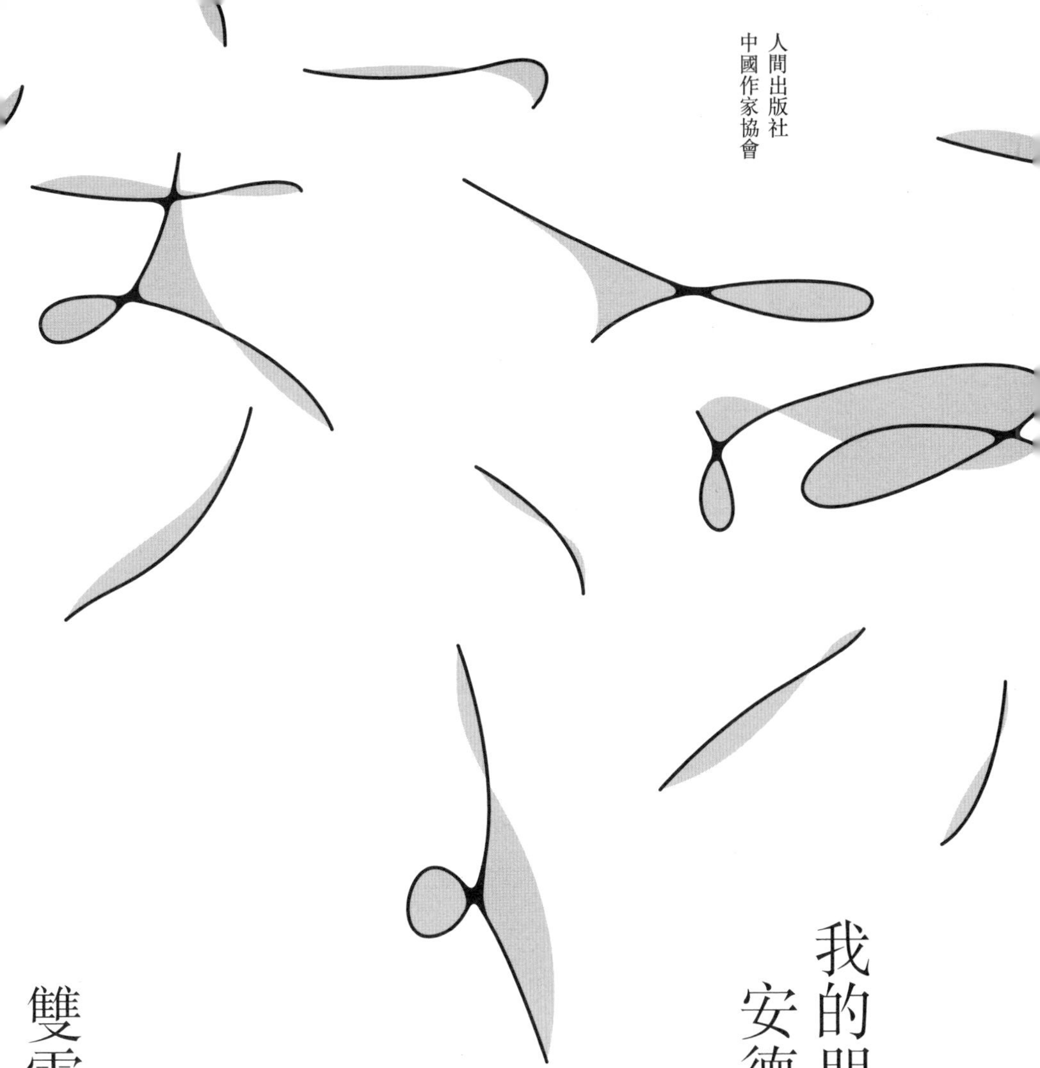

人間出版社
中國作家協會

我的朋友安德烈

雙雪濤

八零後小說競技場

祁立峰
（作家、國立中興大學中國文學系副教授）

雙雪濤的短篇小說集《我的朋友安德烈》書中，第一篇收錄的小說名之曰〈大師〉。這故事聲線簡潔而清朗，原本幹監獄倉管的父親，靠著一手象棋絕學無敵鄉城，聲名遠播。誰料父親丟了差事、又罹患早發性痴呆症，只得金盆洗手就此封盤，由少年主角繼承其江湖名號。

哪知主角一日昏了頭、代人賭棋輸贏，對決一瘸腿和尚，每臨到殘局卻漏算一著，竟連輸三盤，一敗塗地。和尚終於坦承，十年前他曾敗給主角父親，這回為的是報讎雪恥。此際痴呆父親緩緩從人群中現身，兩大高手時隔經年再次對弈，作者如此描敘的這局棋：

> 太陽終於落下去了，路燈亮了起來，沒有人離去，很多路過的人停下來，踮著腳站在外面看，自行車停了半個馬路。……看到中盤，我知道我遠遠算不上個會下棋的人，關於棋，關於好多東西我都懂的太少了。到了殘局，我看不懂了，兩個人都好像瘦了一圈，汗從衣服裡滲出來。（〈大師〉）

這神乎絕技、幾如華山論劍東邪西毒比拚內力之場景，或許讓人聯想起阿城珠玉在前的〈棋王〉，但我以為更隱喻性或以能指穿入刺出這段敘述，將它換喻作為雙雪濤奇蹟般的寫作身世，似乎也頗為貼切。

我與《我的朋友安德烈》作者雙雪濤不曾謀面，從作者介紹看來，他生於一九八三年，比我還略小幾歲。但若關注近幾屆台北文學獎年金的讀者，想必對雙雪濤此人略有耳聞，他是第一個獲台北文學獎年金入圍的中國大陸作家，而在此前，他已經以奇幻小說《翅鬼》拿下BenQ華文世界電影小說的首獎，更傳奇的是他獲年金之前僅於台北短暫停留十天，因此年金評審吳念真才說：「我在台北住了六十年，沒敢寫關於台北的長篇小說，這個人只來了台北十天就敢寫，很有意思。」

我想我輩對雙雪濤感興趣之處也正在此。我與其人另一連結在於前一屆的台北文學獎年金，才剛頒給了我的《臺北逃亡地圖》。寫作此書之前，我已經在台北住滿三十年，接地氣似的幾乎不曾離開台北城。我可不是要說自己作品高明到哪去，相反地，從學術角度來說，此間背後寄寓的想像與虛構，可能是小說學內裡永恆辯證的難題。

在《羊城晚報》的訪談中，雙雪濤談到獲年金獎一事，也確如他所說——小說最重要的是想像力的調度。過去波特萊爾或班雅明式的那種、以拾荒者或漫遊者姿態，行行重行行踏查城市地景的老靈魂書寫，未必符應當代小說學技藝的超克。或從更小說學的角度來說，正因為我在此城慢燉細熬終於交出的作品，就想像力輸出對決，可說是全盤輸給了這樣來自域外的、透過魔幻眼瞳凝視我城的異鄉人了。

一如本文開頭介紹的小說〈大師〉裡遣派紅兵黑卒，戰至最後一子打死不退的那場對弈。假設讓一個作家站上講台誇談寫作，他儘管說得很牛逼很高冷，但當我等進入了文學獎場域，就是得純粹以情節、角色、技術對決的暗黑武道會。我們說「文無第一、武無第二」，但讀《我》這部小說，眼巴巴望著作者輕盈使出一招招的綿密劍訣，讓我眼花撩亂，自嘆弗如。

相較於《翅鬼》的奇幻類型小說，在《我》裡收錄的短篇小說，顯然更具純文學質量。即便這些篇故事仍然聲線清晰、節奏明快，但某些突梯而無以名狀的情節，荒謬卻神來之筆的衝突，以及看似蔓衍出來無意義的角色——像〈自由落體〉裡的張舒雅或小鳳，像〈我的朋友安德烈〉裡的政治課老師宋屁股……都隱約指向了短篇小說最具文學性的沉重、純粹與荒涼。

《我》書中的短篇大多是以少年成長作為題材，如同名作〈我的朋友安德烈〉寫中學時的狂人同學；〈靶〉寫初入大學邂逅的傳奇室友；〈跛人〉寫陷入青春期瘋癲的前女友……即便少年成長小說特有的疏離與異化、破繭而出的必要之痛、欲說還休萌萌噠之性啟蒙……可能是八零後或七年級小說家的獨家手筆，但作者透過他非常態非典型的故事拼貼，草蛇灰線，埋伏千里。就在他的那些簡潔乾淨，流暢而不多加雕琢的透明處，挖掘到了生活或人生最不可解的無限與雜質。

這種風格或筆調，台灣讀者較熟悉的對岸作家可能是畢飛宇或余華，有趣的是在〈自由落體〉有一段——因創作課老師唬弄而立志成為寫作者的悶豆，也歪打正著提到了余華：

……她看過我的習作，也覺得不錯，她覺得我能寫小說。你說有意思沒，我之前自己都沒發現。我說，之前還有個教園藝的老師說你能種花呢，你怎麼不去扣個大棚種花？他說，那回是扯淡，想賣我花種，這回是真的，她說我有點像余華，寫的東西看著簡單，其實很複雜。

不過除卻敘事風格，在小說裡作者每每觸及日常之零餘，生活之廢頓與不可解的一瞬，又往往舉重若輕將故事轉向，開展出另一段荒謬無結局的故事動力結構，我倒覺得更像村上春樹，像《聽風的歌》那般隨機率性的故事經營。角色貿然就登場了，做了些毫無意義的舉措，接著在某個未必矛盾或高潮的斷面，一切突兀地戛然而止。這其中隱喻性，所謂語言的河流或石頭，治符號學的研究者或許頗感興趣，但那種草率荒謬的情節，或許才是日常生活的本質？

學術圈喜歡以歸納法處理文學社群，按性別、地域、世代，將之量化或標籤化。世代或空間更是明確的指標，在台灣曰七年級，在對岸稱八零後，北方或南方，大國與島國。然而作品質量或題材與世代必然有關嗎？或者更進一步應該就如雙雪濤自己所說的——寫作並非拳擊賽，能分羽量輕量重量級，反倒像不同身世背景創作者全拚命擠上擂台，無敵無我一輪大亂鬥。

這樣混戰場面我想到是李連杰主演的電影《霍元甲》。少年不識仁者無敵真諦的霍元甲，在父親牌位前發誓要作到「津門第一」，於是乎他發了狂鐵了心簽了生死狀，最後甚至把所有挑戰者一次全叫上擂台，一拳結果一個，整座圓形鬥技場盡是撲飛上台毆飛而下的落敗者。讀雙雪濤的小說，那一篇篇看似漫漶派生、寬縫錯榫，卻又輾轉相扣的故事，我就想到那最終屹立擂台上的霍元甲。我們可能都不是他的對手。

如果對岸的八零後小說家已經將故事礦脈挖掘到如此層次，那麼台灣七年級小說家持續進行的、繁複實驗之迷離夢境，能否帶領我們航向「世界級」的小說航道呢？或者我們已經偏離了原本航線很遠而不自知？

祁立峰　二〇一六於台中

目錄

大師

那時我還小，十五歲，可是個子不小，瘦高，學校發下來的校服大都長短正好，只是實在太寬闊，穿在身上即使扣上所有扣子，拉上能拉的拉鍊，還是四處漏風，風起時走在路上，像隻氣球。所有見過我的人，都說我長得像父親，嘿，這小子和他爹一模一樣，你瞧瞧，連痦子都一模一樣。尤其遇見老街坊，更要指著我說：你看這小子，和他爹小時候一樣，也背著個小板凳。確是如此，我和父親都有一顆痦子長在眉毛尾處，上面還有一根黑毛。父親也黑瘦，除去皺紋，幾乎和我一樣，我們二人於是都得了「黑毛」的綽號，不同的是，他的綽號是在青年點時叫起，而我的，是從城市的街邊流傳。

正因為身材一樣，所以父親能穿我的衣服。

母親在我十歲的時候走了，哪裡去了不知道，只是突然走了，此事在父親心裡究竟分量幾何，他並不多說，我沒哭，也沒問過。一次父親醉了酒，把我叫到近前，給我倒上一杯，說：喝點？我說，喝點。父親又從兜裡摸出半根菸遞過，我擺擺手沒接，喝了一口酒，夾進一口豆腐，慢慢嚼。豆腐哪禁得住嚼，兩口就碎在嘴裡，只好嚥下，舉著筷子喝酒。菜實在太少，不好意思再夾了。就這麼安靜的喝到半夜，父親突然說：你媽走的時候連家都沒收拾。我說：哦？他說：早上吃過的飯碗還擺在桌子上，菜都凝了，你說這是怎麼回事兒？我說：我不知道。他點點頭，把筷子擱在桌子上，看著我說：無論什麼時候，用過的東西不能扔在那，尿完尿要把褲門拉上，下完棋的棋盤要給人家收拾好，人這東西，不用什麼文化，就這麼點道理，能記住嗎？我說：記住了。那時頭已經發暈，父親眉間的那根黑毛已經看不真切，恐怕一打嗝豆腐和酒就要傾在桌上，所以話儘量簡短，說完趕快把嘴閉上。父親說：兒子，睡吧，桌子我收拾。於是我扶著桌子進屋躺下，父親久久沒來，我只聽見他的打火機啪啪的響著，好像扭動指節的聲音。然後我睡著了。

父親原是拖拉機工廠的工人，負責看倉庫，所以雖是工人的編制，其實並沒有在生產線上做工，而是每天在倉庫待著，和各種拖拉機的零件待在一起。所謂倉庫管理員，工資也比別人低，又沒個伴，沒人願意去，就讓父親去，知他在工作上是沒有怨言的人。說白了，倉庫管理員是鎖的一種，和真正的鎖的不同是，父親能夠活動，手裡還有帳本，進進出出的零件都記在本兒上，下班的時候用大鎖把倉庫鎖住，蹬著自行車回家。工廠在城市的南面，一條河的旁邊，據說有一年水漲了起來，一直漲到工廠的門前，工人們呼喊著背著麻袋衝出廠房，水已經退了，留下幾處淤泥，據說還有人抓了一條擱淺的魚回去，晚上燉了，幾個人打過撲克，喝了魚湯。父親的倉庫在城市的北面，事實就是如此，工廠在城市南面，倉庫卻在北面，來往的路上跑著解放汽車，一趟接著一趟。倉庫緊挨著監獄，因為都在路邊，都有大鐵門，也都上著鎖，所以十幾年來，經常有探親的人敲響父親的門：這是監獄嗎？父親說：這是倉庫，監獄在旁邊。問的人多了，父親就寫了一塊牌子立在倉庫門口，寫著：倉庫。不過還是有人敲門：師傅，這是監獄的倉庫嗎？於是父親又寫了另一塊牌子，立在倉庫的牌子旁邊，寫著：監獄在旁邊，北走五百米處。

之後還有人走錯，父親就指指牌子。

監獄的犯人們，刑期要滿的，會出來做工。有一天清早呼呼嚕嚕出來一隊，修的就是監獄門前這條路，三五十人，光著腦袋，穿著號坎兒，揮動著鎬頭把路刨開，重新填進瀝青，然後圓滾滾的軋道機軋過，再揮著大掃帚清掃。忙了整整一天，正是酷暑，犯人們脖子上的汗，流到臉上，流到下巴上，然後一個接一個掉在土裡，手裡的鎬頭上上下下的掄著，地上晃動著上上下下的影子。黃昏的時候，活幹完了，犯人坐在父親的倉庫前面休息，獄警提了兩個大鐵桶，裝滿了水，給犯人喝，前面一個喝過，髒手擦擦嘴角，把水瓢遞給後面的人，自己找地方坐下。喝過水之後，獄警們抽起菸，犯人們坐成一排相互輕聲說著話，看著落日在眼前緩緩下沉，父親後來對我說，有幾個犯人真是目不轉睛的在看。這時一個犯人，從懷裡掏出棋子和塑料棋盤，對獄警說：政府，能下會兒棋不？獄警想了想說：下吧，下著玩行。誰要翻臉動手，我讓他吃不了兜著走。那犯人說：不能，就是下著玩，我們都不會下。說著把棋盤攤在地上，棋子擺上，帶棋子的犯人執紅，坐在他旁邊的一個犯人把手在身上擦了擦，執黑。「你先。」「你先。」最終紅先黑後，倆人下了起來。

下到中盤，犯人們已都圍在旁邊，只是沒有人高聲講話，靜悄悄的看著，時不時有人説一句：這活驢還會下個棋咧？眾人笑笑，繼續看。紅方棋路走得熟稔，賣了一個破綻，把黑車誘進己方竹林，橫挪了個河沿跑，打悶宮，叫車。黑方沒有辦法，只好飛象保命，車便給紅方吃了去，局勢隨即急轉直下，兩車對一車，七八步之後，黑方就遞子認輸。輸的那人站起來，説：你這小子，不走正路子，就會使詐。紅方説：那還用説？我是個詐騙犯啊。眾人哄笑間，另一個坐下，接過黑子擺上，這時兩三個獄警也圍過來，和犯人擠在一團看棋，犯人漸漸把最好的位置騰了出來。下到關鍵處，一個獄警高叫了一聲：臭啊，馬怎麼能往死處跳？説著，伸手把黑方走出去的馬拿回，指住一個地方説：來，往這裡跳，準備高吊馬。黑方於是按圖索驥，把馬重新跳過，紅方後防馬上吃緊，那黑馬如同達摩克利斯之劍一樣高懸，紅方亂了陣腳，百般抵抗，還是給高吊的黑馬將死了。眾人鼓掌，有人説道：沒想到政府棋好，政府上來下吧。眾人都説是好主意，要耍無妨，路已修完，天黑尚早，不著急回去。那獄警便捋了袖子，坐在紅方，説：下棋是下，不要説出去，還有，不用讓我，讓我讓我瞧出來，就給你説道説道。這麼一説，沒人敢上，你推我我推你，看似要鬧，其實心慌，哄獄警上來的犯人，早躲到最後面去。

這時，一個跛腳的犯人走上前來，站在獄警對面，説：政府，瘸子跟您學學。説是跛腳，不是極跛，只是兩腿略略有點長短不一，走起路來，一腳正常邁出，稍微一晃，另一個條腿突然跟上，好像在用腳丈量什麼。獄警說：行，坐下吧。還有多長時間出去啊，瘸子。瘸子說：八十天。獄警說：快到頭兒了，出去就不要再進來了。瘸子說：知道，政府。你先走吧。獄警在手邊扯過紅炮放在正中，說：和你走走架馬炮。瘸子也把炮扯過來，放在正中，說：架馬炮威猛。然後就閉上嘴，只盯著棋盤，竟也開的是架馬炮的局。獄警說：咦？後手架馬炮，少見。瘸子不搭茬，有條不紊的跟著走，過了二十幾手，獄警的子力全給壓在後面，除了一個卒子，都沒過河，瘸子的大隊人馬已經把紅方的中宮團團圍住，卻不著急取子，只是把對方全都鏈住，動彈不得。父親在旁邊一直站著看著，明白已經幾乎成了死局，獄警早就輸了，瘸子是在耍弄他。獄警沒有辦法，拈起一個兵拱了一手，瘸子也拈起一個兵拱了一手，並不抬頭，眉頭緊鎖，好像局勢異常緊張。圍觀的犯人全都安靜的像貓，就算不懂棋的，只要不是色盲，也知道紅方要輸了，雖是象棋，卻已形成了圍棋的陣勢。獄警不走了，頻頻看著瘸子眼色，瘸子也不催，只是低著頭好像在思索自己的棋路，天要黑了下來，犯人們突然有人說：和了吧，和棋。馬上有人應和：子力相當，正是和棋，不信數數？瘸子你說是不是？瘸子卻不說話，只是等著獄警走。這時父親在旁邊說：兄弟，炮五平八，先糊弄一招。獄警抬頭看了一眼，知是倉庫管理員，沒怎麼說過話的鄰居，反正要輸，依父親的話走了一手，瘸子馬上拿起車伸過去，把炮吃了，放在手裡。父親說：馬三進二，棄馬。獄警抬頭說：大哥，馬也要棄？父親說：要棄。獄警把馬放在黑方象眼，瘸子飛起象把馬吃掉，和炮放在一起。父親說：沉炮將軍。獄警沉炮，瘸子把另一隻象落回。

父親說：車八平五叫殺。瘸子又應了一手，局勢又變，再走，又應，三五手過後，紅方雖然少子，不過形成一將一銜之勢，勉強算是和棋，不算犯規。獄警笑著說：以為要輸了，是個和棋，瘸子，棋這東西變化真多。瘸子忽然站起，盯著父親說：我們倆下。父親還沒說話，獄警說：反了你了，操你媽的，是不是想讓老子把你銬上！瘸子把頭低下說：政府，別誤會，一個玩。獄警說：你還知道是個玩？是不是想把那條腿給你打折？操你媽的。眾犯人上來把獄警勸住，都說：瘸子嘛，要不怎麼是瘸子呢？算了算了。父親趁機躲回倉庫，在裡屋坐著，很晚了才開門出來回家，路上漆黑一片，已經一個人也沒有了。

之後獄警騎車經過倉庫，車軲轆底下是新鋪的路。看見父親，會招手說：高棋，忙呢？父親說：沒忙，沒忙，賣會呆。獄警點點頭，騎過去了。那年父親三十五歲，媽媽剛剛走了，爺爺半年之後去世。

一個月之後，父親下了崗，倉庫還是有人看，不是他了，時過境遷，看倉庫的活也成了美差，非爭搶無法勝任。按照死去的爺爺的話說，是這麼個道理，就算有一個下崗也是他，何況有這麼多人下崗，陪著，不算虧。

父親從十幾歲開始喜歡下棋，到了讓人無法容忍的程度，爺爺活著的時候跟我說：早知道唯一的兒子是這樣，還不如生下來就是個傻子。據說，父親下鄉之前，經常在胡同口的路燈底下下通宵，一灑燈光，一群孩子，附近會下棋的孩子都趕來參加車輪戰，逐漸形成一群人對父親自己的局面。第二天早上回家，一天一夜沒吃沒喝，竟還打著飽嗝，臉上泛著光輝，不說話，只是愣愣的看著爺爺傻笑，爺爺說：兔崽子，笑個什麼？下個臭象棋還有功了？父親說：有意思。然後倒頭睡了。下鄉之後，眼不見心不煩，爺爺知道在農村也要下，看不見就算了吧，只要別餓死累死就行。從父親偶爾透露的隻言片語判斷，確如爺爺所料，在農村下了四年棋，一封信也沒寫過。後來沒人與他下，又弄不到棋譜，就自己擺盤，把過去下過的精彩的棋局擺出來，挨個琢磨。回城之後，分到工廠，那時雖然社會不太平，工廠還是工廠，工人老大哥，人人手裡一隻鐵飯碗。剛進了工廠沒多久，舉行了象棋比賽，父親得了第一名，贏了一套印著「大海航行靠舵手」的被罩。母親當時是另一個車間的噴漆工，看父親在台上領獎，笑得憨厚，話也不會說一句，頓覺這人可愛又聰明，連眉毛上那根黑毛都成了可愛又聰明的縮影，經人說合，大膽與父親談上了戀愛。爺爺看有媳婦送上門，當即決定拿出積蓄，給母親買了一輛永久牌自行車，黑漆面，鍍鋼的把手，斜梁，座位下面有一層柔軟結實的彈簧，騎上去馬上比旁人高了一塊。母親非常受用，覺得一家子人都可愛，一到禮拜天，就到父親家裡來幹家務，晒被，擦窗，掃地，做飯。吃過了飯，掏出託人在百貨商店買的瓜子和茶葉，沏上茶，嗑著瓜子，陪爺爺聊天。

有一次父親站起來說：你們聊著，我出去轉轉。爺爺說：不許去。坐下。母親說：讓他出去轉轉吧，我陪您老聊天兒。爺爺說：前一陣子街上亂，槍啊，炮啊搬出來，學生嘴裡叼著刀瞎轉悠，現在好些了，也有冷槍，前趟房的旭光，上禮拜就讓流彈打死了。母親點點頭，對父親說：

那就坐會兒吧，一會騎自行車馱我回去。父親說：爸，旭光讓打死的時候，正在看我下棋。街上就那一顆流彈，運氣不好，我就沒事兒。爺爺臉色鐵青，對父親說：你想死，等娶完了媳婦，生完了孩子再死。母親忙說：大爺，您別生氣，時候不早了，讓他送我回去吧，我來的時候街上挺平靜，晌天白日的，不會有事兒。於是父親馱著母親走了，在車後座上，母親掐了父親一把，說：你啊，現在這麼亂，上街幹嘛？淨給老人添亂。父親說：不是，是想下個棋。母親說：你看這大街上一個人也沒有，誰和你下棋？這麼地，你教我，我回頭陪你玩。父親說：教你？棋這東西要悟，教是教不了。母親笑著說：傻子，你還當真了，別說你看不起人，有跟你學棋的功夫，還不如說說話呢。正說著，路邊一棵大樹底下，倆個老頭兒在下棋，父親馬上把腳踩在地上，停了車，說：我去瞧一眼。母親伸手去拉，沒拉住，說：那我怎麼辦？父親頭也不回，說：等我一會。父親剛在樹蔭裡蹲下，一顆子彈飛過來，從母親的腳底下掠過，把自行車的車鏈子打折了。

雖說如此，一個月以後，父親和母親還是結婚了。

父親下崗之後，又沒了老婆，生活陷入了窘迫。因為還生活在老房子裡，一些老街坊多多少少的幫著，才不至於陷入更加悲慘的境地，老師看我不笨，也就偶爾幫我墊錢買課本，讓我把初中念下去。「黑毛啊，課本拿好，學校給的。」她經常這麼說，但我知道是她自己買的。父親的酒喝得更多，不吃飯也要喝酒，什麼酒便宜喝什麼。菸是在地上撿點菸蒂抽，下棋的時候對方有時候遞上一顆，就拿著抽上。衣服破了，打上補丁，照樣穿，鄰居給的舊衣服，直接穿在身上，胖瘦不在乎。一到我放暑假寒假，就脫下校服給父親穿，校服我穿得精心，沒有補丁。父親接過，反覆看看，穿上，大小正好，只是臉和校服有點不符，像個怪人。走，父親然後說，把板凳拿上吧。

母親還在的時候，我就跟著父親出去下棋，父親走在前面，我在後面給背著板凳。母親常說：兒子，你也不學好，讓你媽還活不活？我說：媽，閒著沒事兒，作業也寫完了，去看大人玩，算個什麼事兒啊。你好好活著。就背上板凳跟著父親走。父親從不邀我，也不攆我，願意跟著走就走，不跟著也不等，自己拿起板凳放在自行車後座，騎上車走。看得久了，也明白個大概，從車馬炮該如何行走懂起，漸漸也明白了何為「鎖鏈擒拿等」，看見有人走了漏招也會說：叔，不妙，馬要丟了。然後叔就丟了馬。只是看了兩年，父親的棋路還沒看懂，大樹下，修車攤，西瓜攤，公園裡，看父親下棋，大多是贏，有時也輸，總是先贏後輸，一般都輸在最後一盤。終於有一天，我好像明白了一些，回家的路上，下起了雪，我把板凳抱在懷裡，肩膀靠著父親的後背，冷風從父親的面前呼呼的吹來，讓父親的胸口一擋，不覺得多冷了。我說：爸，最後一盤你那個「仕」支的有毛病。父親不說話，只是眼看前方，在風雪裡穿梭，腳上用力蹬著車。我繼續說：好像方向出了問題，應該支右仕不是左仕。到了家，鎖上車進屋，母親還沒下班，平房裡好像比外面還冷。父親脫下外衣，從抽屜裡拿出象棋，擺在炕上，說：咱倆來三盤，不能緩棋，不能長考，否則不下。我有些興奮，馬上爬上炕去，把紅子擺上。父親給了我手一下說：先擺的擺黑，誰不知道紅的先走？我於是把棋盤旋轉，又把黑的擺好，開下。輸了個痛快，每一盤棋都沒有超過十五分鐘，我心中所想好像全被父親洞悉，而父親看起來的閒手全都藏著後續的手段，每個棋子底下好像都藏著一個刺客，稍不留神就給割斷了喉嚨。下完了三盤，我大為沮喪，知道下棋和看棋是兩碼事，看得明白，走著糊塗，三十二個子，橫豎十八條線，兩個九宮格，總是沒法考慮周全。下完之後，父親去生爐子，不一會炕就熱了起來，父親回來在炕上盤腿坐下說：現在來看，附近的馬路棋都贏不了你，但是你還是個臭棋，奇臭無比。今天教你仕的用法，下棋的人都喜歡玩車馬炮，不知道功夫在仕象。一左一右，拿起來放下，看似簡單，棋的紋路卻跟著變化，好像一個人出門，向左走還向右走，區別就大了，向左可能直接走進了河裡，向右可能就撞見了朋友，請你去喝酒，說白了，是勢的大不同。現在來說常見的十幾種開局，仕的方向。說著，隨手擺上，開始講仕，講了一個鐘頭仕，母親還沒回來，父親開始講象。從象，講的東西散了，講到朝鮮象棋象可以過河，這涉及到中國的歷史和高麗的歷史，也就是朝廷宰相功能的不同；又講到日本象棋，又叫本將棋，和國際象棋有些相像，一個兵卒奮勇向前，有可能成為獨霸一方的王侯，這邊和日本幕府時期的歷史有了聯繫。如此講下去，天已經黑了，我有點恍惚，從平時母親的態度看，父親的這些東西她是不知道的。我說：爸，這些你怎麼知道的？父親說：一點點知道的。我又問：那你怎麼今天把仕的方向搞錯了？父親想了想，說：有時候贏是很簡單的事，外面人多又雜，知人知面不知心，想下一輩子，一輩子有人和你下，有時候就不那麼簡單。說到這裡，門鎖輕動，父親說：壞了，沒有做飯。母親進來，眉毛上都雪，看見我們倆坐在炕上，雪也沒撣，戴著手套愣了半天。

現在我回想起來，那個夜晚特別長。

從那以後出去，背上了兩個板凳。我十一歲的時候，有人從新民來找父親下棋。那人坐了兩個小時的長途汽車，到父親常去的大樹底下找他。「黑毛大哥，在新民聽過你棋好，來找你學學。」那人戴著個眼鏡，看上去不到三十歲，還像個學生。穿著白色的襯衫，汗把襯衫的領子浸黃了，用一塊手帕不停的擦著汗。眼鏡不是第一個，在我的記憶裡，從各個地方來找父親下棋的人很多，高矮胖瘦，頭髮白的黑的，西裝革履，背著蟑螂藥上面寫著：「蟑螂不死，我死，的。」[1] 什麼樣子的都有。有的找到棋攤，有的徑直找到家裡。找到家裡的，父親推開一條門縫，說：辛苦辛苦，咱外面說。然後換身衣服出來。一般都是下三盤棋，全都是兩勝一負，最後一盤輸了。有的人下完之後站起來說：知道了，還差三十年。然後握了握父親的手走了。有的說：如果那一盤那一步走對了，輸的是你，我們再來。父親擺擺手說：說好了三盤，辛苦辛苦，不能再下了。不行，對方說，我們來掛點東西。掛，就是賭。所謂棋手，無論是入流的還是不入流的，其中的都有人願意掛，小到菸酒和身上帶的現金，大到房子金子和存摺裡的存款，一

1 賣蟑螂藥商販的吆喝聲。

句話就訂了約的有，找個證人簽字畫押立字為憑的也有。父親說：朋友，遠道而來別的話不多說了，我從來不在棋上掛東西，你這麼說，以後我們也不能再下了，剛才那三盤棋算你贏，你就去說，贏了黑毛。說完父親就站起來走。還有的人，下完棋，不走，要拜父親當師傅，有的第二天還拎著魚來，父親不收，說自己的棋，下可以，教不了人，瞧得起我就以後當個朋友，師徒的事兒就說遠了。

那天眼鏡等到父親，拿手帕擦著汗，說要下棋，旁邊的人漸漸圍過，裡面說：又是找黑毛下棋的？都說，是，新民來的，找黑毛下棋。父親坐在板凳上，樹上的葉子嘩啦呼啦的響，他指著自己的腦袋說：老了，酒又傷腦子，不下了。那年父親四十歲，身上穿著我的校服，鬍鬚長了滿臉，比以前更瘦，同時期下崗的人，有的人已經做生意發達了，他卻變成一個每天喝兩頓散白酒，在地上撿菸蒂抽的人，話也比過去少多了，只是終日在棋攤泡著，確實如他所說，半年來只是坐在板凳上看，不怎麼出聲，更不下場下棋。眼鏡鬆開一個鈕扣說，不下了？聽說半年前還下。父親說：是，最近不下的。眼鏡說：我扔下學生，坐了兩個小時汽車，又走了不少路，打聽了不少人，可是你不下了。父親說：是，腦袋壞了，下也沒什麼用。眼鏡繼續用手帕擦著汗，看著圍著的人，笑了笑，說：如果新民有人能和我下，我不會來的。父親想了想，指著我說：朋友，如果你覺得白來了的話，你可以和他下。眼鏡看了看我，看了看我眉毛上的痦子，說：你兒子？父親說：是。眼鏡在眼鏡後面眨了眨眼，說：你什麼意思？父親說：他的棋是我教的，你可以看看路子，沒別的意思，現在回去也行，我不下了，說著又指了指自己的腦袋說，腦子壞了，誰都能贏我。眼鏡又看了看我，用手摸了摸我的腦袋說：你幾歲了？我說：十一。他說：你的棋是你爸教的？我說：教過一次，教過「仕」的用法。大夥兒笑了。眼鏡也笑了，說：行咧，我讓你一匹馬吧。我說：別了，平下吧，才算有輸贏。大夥兒又笑了，他們是真覺得有意思啊。眼鏡蹲下，我把板凳拉過去，把黑子擺上，說了半天，確實年紀小，就執黑先走。到了殘局，我一車領雙兵，他馬炮單兵缺仕象，被我三車鬧仕贏了。眼鏡站起來，從兜裡掏出一支鋼筆放在我手上，說：收著吧，自己買點鋼筆水，可以記點東西。父親說：鋼筆你拿回去，他有筆。我們下棋是下棋。眼鏡看了看父親，把鋼筆重新放進兜裡，走了。

回家的路上，我在後座上想著那支鋼筆，問：爸，你真不下了？父親說：不下了，說過的話當然是真的。接著又說，你這棋啊，走得太軟，應該速勝，不過這樣也沒什麼不好。在學校不要下棋，能分得開嗎？我說：能，是個玩嘛。父親沒說話，繼續騎車了。

現在說到那時的事了。

那時我十五歲，雞巴周圍的毛厚了，在學校也有了喜歡的女生，一個男孩子樣的女生，頭髮短短的，屁股有點翹，笑起來嘴裡好像咬著一線陽光。偶爾打架，揍別人也被別人揍，但是無論如何最後一次一定是我揍別人，在我心裡，可能這是個原則問題。父親已經有三年沒參加家長會了，上了高中一年級的時候，家長會是初中老師代表我爸去的。她比初中時候老了一點，可又似乎沒什麼變化，好像她永遠都會是那個人，我知道那恩情可能同樣永遠的還不了了，雖然我也知道，她從沒有等著那個東西。父親有兩次在冬天的馬路邊睡著了，我找遍了半個城市，才把他找到，手腳都已經無法彎曲，鬍子上都是冰碴。自那以後，我在父親的脖子上掛了一個牌子，上面寫著我家的地址，因為沒法不讓他出門到棋攤坐著，只好寄希望於一旦走丟，好心人能把他送回來。他還穿著我的校服，洗得發白，深藍色的條紋已經變成了天藍色，他還是固執的穿著，好像第一次穿上那樣，對著鏡子笨拙的整理著領子。

包括我初中老師在內，沒有人知道我下棋。十五歲的我，已經沒人把我當孩子了，那時城市裡的棋手提到「黑毛」，指的是我。傻掉的父親很少有人再提了。

一個星期六中午，同學們都去了老師家補課，上午數學，下午英語，我背著板凳準備出門。問父親去不去，父親說，不去了。他說出的話已經含糊不清，很難聽懂，之所以不去，是因為他還沒起來，在被裡醉著。那是北方的七月，夜裡下了一場暴雨，早上晴了，烈日晒乾了雨水，空氣還有點濕，路上都是看上去清爽的人，穿著短袖的衣服頂著太陽走著。樓下的小賣部前面圍了一群人，小賣部的老闆是個棋迷，門口老擺著一副碩大的膠皮子象棋，隨便下，他在旁邊擦著自己的自行車，有空就看上一眼，支上幾招，這人後來死了，從一座高橋上跳進了城市最深的河裡，據說是查出了肺癌，也有人說是有別的原因，那是多年以後的事情了。老闆與我很熟，沒人的時候，我偶爾陪他玩上一會，讓他一馬一炮，他總是玩得很高興，沒事就給我裝一袋白酒讓我帶給父親。那天我本來想去城市另一側的棋攤，那裡棋好，要動些腦筋。看見樓下的棋攤前面圍了這麼多的人，我就停下伸頭去看。一邊坐著老闆，抽著菸皺著眉頭，棋盤旁邊擺著一條白沙菸和一瓶「老龍口」的瓶裝白酒，我知道是掛上東西了。另一邊坐著一個沒有腿的和尚，禿頭，穿著黃色的粗布僧衣，斜跨著黑色的布袋，因為沒有腳，沒有穿僧鞋，兩支拐杖和一個銅鉢放在地上，鉢裡面盛著一碗水。說是沒有腿，不是完全沒有，而是從膝蓋底下沒了，僧褲在膝蓋的地方繫了一個疙瘩，好像怕腿掉出來一樣。

老闆把菸頭扔在地上，吐了一口痰說：嗯，把東西拿去吧。和尚把手裡的子遞到棋盤上，東西放在布袋裡，說：還下嗎？老闆說：不下了，店不能荒著，丟東西。說著他站起來，扭頭看見了我，一把把我拉住，說：黑毛，你幹什麼去？我嚇了一跳，胳膊被他捏得生疼。你來和這師父下，東西我出，說著把我按在椅子上。我看了看棋盤上剩下的局勢，心裡很癢，說：叔，下棋行，不能掛東西。和尚看著我，端起鉢喝了口水，眼睛都沒眨一下，還在看著我。老闆說：不掛你的東西，掛我的，不算壞你的規矩，算是幫叔一把。轉身進屋又拿了條白沙，一瓶「老龍口」放在棋盤旁邊。和尚把水放下，說：再下可以，和誰下我也不挑，東西得換。老闆說：換什麼？和尚說：菸要軟包大會堂，酒換西鳳。老闆說：成。進屋換過，重新擺上。人已經圍滿，連看自行車庫的大媽，也把車庫鎖上，站在人群中看。我說：叔，東西要是輸了，我可賠不起你。老闆說：說這個幹啥？今天這店裡的東西都是你的，只管下。和尚說：小朋友，動了子可就不能反悔了，咱倆也就沒大沒小，你想好。我胸口一熱，說：行，和您學一盤吧。

從中午一直下到太陽落山，那落日在樓群中夾著，把一切都照得和平時不同。我連輸了三盤棋，都是在殘局的時候算錯了一步，應該補的棋沒補，想搶著把對方殺死，結果輸在了毫釐之間。和尚贏去的菸酒布袋裡已經裝不下了，就放在應該是腳的地方。最後一盤棋下過，我突然哭了起來，哭聲很大，在人群中傳了開去，飄蕩在街道上。我聽見街道上所有的聲響，越哭越厲害，感覺到世界上我一個人也不認識，世界也不認識我，把我隨手丟在這裡了，被一群妖怪圍住。

和尚看我哭著，看了有一會，說：你爸當過倉庫管理員吧？我止住哭，說：當過。和尚說：眉毛上也有一根黑毛吧。我說：有。和尚說：把你爸叫來吧，十年前，他欠我一盤棋。我忽然想到，對啊，把我爸叫來，把我的父親叫來，把那個曾經會下棋的人叫來。我馬上站起來，撥開人群，忽然看見父親站在人群後面，穿著我的校服，脖子掛著我寫的家庭住址，一動不動的看著我，眼睛裡像汙渾的泥塘。我又哭了，說：爸！父親走過來，走得很穩當，坐下，對和尚說：當年在監獄門前是我多嘴，我不對，今天你欺負孩子，你不對。我說錯了沒？瘸子。和尚說：不是專程來的，遇上了，況且我沒逼他下。父親說：一盤就夠了，三盤是不是多了？和尚說：不多，不就是點東西。說著，把身子下面的東西推出來，布袋裡的東西也掏出來，對老闆說：老闆，東西你拿回去，剛才的不算了。老闆說：這麼多街坊看著，贏行，罵我我就不能讓你走。和尚說：我沒有腳，早已經走不了，只能爬。說完，用拐杖把自己支起來，支得不高，褲腿上的疙瘩在地上蹭著，東西一件一件給老闆搬回屋裡。然後坐下對父親說：剛才是逗孩子玩呢，現在咱們玩點別的吧。父親用手指了指自己：我這十年，呵，不說了，好久沒下棋了，腦袋轉不過來。和尚笑說：我這十年，好到哪裡去了呢？也有好處，倒是不癮了。父親在椅子上坐正了，說：好像棋也長了。和尚說：長了點吧。玩嗎？我剛才說了，玩點別的。父親說：玩什麼？和尚說：掛點東西。父親說：一輩子下棋，沒掛過東西。和尚說：可能是東西不對。說完從僧衣的懷裡掏出一個小布包，布包打開，裡面是一個金色的十字架。十字架上刻著一個人，雙臂伸開，被釘子釘住，頭上戴著荊棘，腰上圍著塊布。東西雖小，可那人，那手，那布，都像在動一樣。和尚說：這是我從河南得來的東西，今天掛上。人群突然變得極其安靜，全都定睛看著和尚手裡的東西，好像給那東西吸住，看了一眼，還想再看一眼。父親在和尚手裡看了看說：贏的？和尚說：從廟裡偷的。父親說：廟裡有這東西？和尚說：所以是古物，幾百年前外面帶進來的，我查了，是外國宮裡面的東西。你贏了，你拿走，算我是為你偷的。父親說：我輸了呢？和尚抬頭看了看我說：你兒子的棋是你教的吧？父親說：是。和尚說：我一輩子下棋，賭棋，沒有個家，你輸了，讓你兒子管我叫一聲爸吧，以後見我也得叫。人群動了一下，不過還是沒有什麼聲音。父親也抬頭，看著我，我把手放在他的肩膀上，那個肩膀我已經很久沒有依靠過了，我說：爸，下吧。父親說：如果你媽在這兒，你說你媽會怎麼說？我說：媽會讓你下。父親笑了，回頭看著和尚說：來吧，我再下一盤棋。

向老闆借了硬幣，兩人擲過，父親執黑，和尚執紅，因為是紅方先走，所以如果是和棋，算黑方贏。和尚走的還是架馬炮，父親走平衡馬。太陽終於落下去了，路燈亮了起來，沒有人離去，很多路過的人停下來，踮著腳站在外面看，自行車停了半個馬路。兩人都走得不慢，略微想一下，就拿起來走，好像在一起下了幾十年的棋。看到中盤，我知道我遠遠算不上個會下棋的人，關於棋，關於好多東西我都懂的太少了。到了殘局，我看不懂了，兩個人都好像瘦了一圈，汗從衣服裡滲出來，和尚的禿頭上都是汗珠，父親一手扶著脖子上的牌子，一手挪著子，手上的靜脈如同青色的棋盤。終於到了棋局的最末，兩人都剩下一隻單兵在對方的半岸，兵只能走一格，不能回頭，於是兩隻顏色不同的兵便你一步我一步的向對方的心臟走去。相仕都已經沒有，只有孤零零的老帥坐在九宮格的正中，看著敵人向自己走來。這時我懂了，是個和棋。

父親要贏了。

在父親的黑兵走到紅帥上方的時候，和尚笑了，不過沒有認輸，可是繼續向前拱了一手兵，然後父親突然把兵向右側走了一步，和尚一愣，拿起帥把父親的黑兵吃掉。父親上將，和尚拱兵，父親下將，和尚再拱，父親此時已經欠行，無子可走，輸了。

父親站起來，晃了一下，對我說：我輸了。我看著父親，他的眼睛從來沒有這麼亮過。父親說：叫一聲吧。我看了看和尚，和尚看了看我，我說：爸。和尚說：好兒子。然後伸手拿起十字架，說：這個給你，是個見面禮。眼淚已經滾過了他大半個臉，把他的汗臉沖出幾條黑色的道子。我說：東西你收著，我不能要。和尚的手停在半空，扭頭看著父親，父親說：我聽他的，東西你留著，是個好東西，自己一個人的時候還能拿出來看看，上面多少還有個人啊。和尚把十字架揣進懷裡，用拐杖把自己支起來說：我明白了，棋裡棋外，你的東西都比我多。如果還有十年，我再來找你，咱們下棋，就下下棋。然後又看了看我，用手擦了一把眼淚，身子懸在半空，走了。

十年之後，我參加了工作，是個歷史老師，上課之餘偶爾下下棋，工作忙了，棋越下越少了，棋也越下越一般，成一個平庸的棋手。父親去世已有兩年，我把他葬在城市的南面，離河不遠，小時候那個雪夜他教我下棋的那副象棋，我放在他的骨灰盒邊，和他埋在了一起。

那個無腿的和尚再沒來過，不過我想總有一天，他會來的。

無賴

我家原先住在胡同裡，一條直線下去，一間房子連著一間房子，有的房子門口有片空地，我家就是。奶奶刨開土，種了些大蔥和黃瓜。有時吃飯吃到一半，我叫一聲：奶，吃飯吃得不過癮，沒有蔥。奶奶就站起身來，邁著小腳，走到院子拔一棵蔥，洗淨放在我面前，笑說：孫子，吃完還有。誰家有這蔥？

一九九一年年初，我十二歲，前蘇聯剛剛解體不久，作家三毛剛剛用絲襪上吊自殺，一夥人走進了我家的院子。為首的一個遞了一張紙給我爺爺，說：大爺，看看，這是現在的政策。爺爺說：我不認字，要交什麼錢？那人說：不是交錢，大爺，是給你們錢。你們整個胡同要拆遷。爺爺說：拆我們家？你敢？爺爺那時已經半身不遂，可還是奮力舉起拐棍要戳對方下陰。那人後退半步說：不是光拆你們家，也不是光拆這一條胡同，這一片都要拆遷，要蓋一個大超市。找認字的人看看政策吧。說完領著那夥人向下一戶走去。父親從工廠下班之後，拿起「政策」仔細讀過，對我們說：說啥也沒用了，準備搬家吧。

爺爺和奶奶去了J市老姑那裡，前提是拆遷費要給老姑。親人們在炕上的小圓桌上簽字畫押，然後爺爺和奶奶上了火車。走之前，奶奶在院子裡揪了兩棵蔥放進了包袱裡。從此之後，我再沒見過他們，因為一年之內，他倆陸續死在J市。字據上寫的老姑的責任是「養老送終」，養老短暫，只剩下了送終，讓人始料未及。

那天我們一家三口坐在馬路邊上，面前堆著大大小小的行李。那是盛夏的傍晚，蚊子在路燈底下成群結隊地晃動。有幾隻吸了我的血逃走了，有一隻被我打死在胳膊上，我從胳膊上捻起蚊子的屍體，說：爸，我們今晚要睡馬路嗎？涼快是涼快，可是有蚊子。父親說：不睡馬路，等我朋友來接。母親一邊檢查著行李，把有些鬆散的繩子綁緊，一邊說：你爸的這個朋友可不是什麼好東西，聽媽的話，以後住在你爸單位要處處小心，那裡的每一件東西都是國家的，不像在家裡，都是咱們自己的。還有最重要的一條，離這個老馬遠點。他是三隻手，還是大酒鬼。我心頭一驚說：爸，你的朋友長了三隻手，那隻手長在哪裡，是前胸還後背？父親看了母親一眼，說：三隻手不是長了三隻手，是有點別的本領，而且是很多年之前的事情了。從今天起，我們先住在車間，等爸媽攢夠了錢，我們就出去租房子住，但凡爸有一口氣，就不讓你受委屈。正說到這裡，一架倒騎驢停在我們面前。上面騎著一個瘦削的中年人，可打扮得卻十分年輕，腿上穿著黑色的西裝褲，腳上蹬著黑皮鞋，上身穿著一件花襯衫，最奇怪的是，這人頭上戴著一頂黑禮帽，這樣一身打扮坐在倒騎驢上，路人無不側目，以為是在拍電影也說不定。見到我們之後，他用三根手指把禮帽從頭髮上拿起來一點點說：久等了吧，那妞纏著不讓走，要不是她屁股大，讓人捨不得，我早就來了。上車吧幾位。然後又把禮帽放回了油光光的頭髮上。

於是呼呼啦啦地上了車，我和母親一起抬那隻紅木箱子，那是母親的嫁妝，每次搬家數它最為金貴，母親來來回回地檢查，可我從沒見母親打開過，上面掛著一隻金色的小鎖，不知道裡面沉甸甸到底裝了什麼東西。我坐在倒騎驢的鐵沿上，父親提出要蹬車，黑禮帽一擺手說：我這倒騎驢，別人騎不了，一騎就歪，只認我，上去坐著吧！

一路上黑禮帽兀自講話，說剛跟自己的小姨子睡了覺，那小姨子的奶子滾圓，拿在手裡像隻大白梨，皮薄汁多，讓人忍不住去咬。說著說著，忽然插進一句：兄弟媳婦，你老拿那大眼瞪我幹嘛？母親說：孩子才十二歲，你滿嘴噴糞，我要領他下車走路，你給我站下。黑禮帽一腳踩住腳閘說：這車上的東西數你那紅木箱子最沉，你也要扛著走？母親默不作聲，轉頭對父親說：若是你有點能耐，能讓人這麼欺負？眼睛竟然含了淚。這時我忽然問：叔，啥是小姨子？黑禮帽說：小姨子就是我老婆的妹妹，你有小姑沒有，那就是你爸的小姨子。我說：你不跟老婆睡覺，跑去跟老婆的妹妹睡覺？黑禮帽一笑，露出兩排熏黃的牙齒說：老婆跑了，只剩下小姨子。準確地說，應該是前小姨子，前小姨子也有老公，不過睡一睡也無妨，她那玩意閒著也是閒著。因為這次離得近，我聞到他嘴裡濃重的酒氣，好像酒窖一樣。父親這時齉聲齉氣地說：老馬，少說兩句，孩子還小，什麼都當真。老馬說：以後低頭不見抬頭見，先互相了解了解嘛，難道是求我幫了一次忙就拉倒了？以後繞著我走？父親說：哪能？住了車間，凡事還得依仗你，只是面子上要過得去嘛。老馬說：呵，出息了，面子與你有啥用？但還是住了嘴，剩下的路哼上了小曲，不再對我們講話。

父親的車間大概有兩千平方米，老馬給我們找的隔間大概有六七平方米，在車間的二樓。裡面塞進了一個雙層的鐵床，就不剩什麼地方了。因為料到是如此情況，所以原來的家當，凡不是生活必要的，搬家之前擺了地攤，賣的賣，丟的丟了，剩下的東西統統放得進去。母親的紅木箱子放在角落，上面鋪了塑料布，當了飯桌和我的書桌。我掏出自己的台燈也擺在上面。賣東西的時候父親問我：有什麼東西一定要留著的，只能挑一件，要不然可就全賣了。我想了想說：把那個台燈給我留下吧，也賣不了幾個錢。那台燈到我手裡的時候就是個舊物，鄰居用過的，要扔。我沒見過台燈，看她扭著那東西的脖子走過我家的院子，我問：姨，這是什麼東西？姨說：台燈，書桌上用的，我姑娘手欠，把開關按壞了，怎麼也不亮。我說：姨，給我吧，我看罩子挺好，倒過來能盛點東西。台燈到了我手裡，我鼓搗了一個晚上，終於亮了，只是開關還是不好用，就那麼一直亮著。於是插頭成了開關，即插即亮，拔了就滅，除了這點，是一個真正的台燈。

老馬幫我們把東西搬進來，說：地方是小點，不過不要錢，廠裡的保衛科每天八點來查崗，到時候你們把門鎖上，不要點燈，一會他們就走。我小舅子那邊已經打過招呼，就是走個形式，你們不要給他上眼藥就好。電視我屋子裡有，要看就下來。父親說：老馬，怎麼謝你？老馬說：兄弟還說這個？你看著辦吧。父親從褲兜裡掏出二百塊錢塞進老馬手裡，老馬說：你租房子一個月多少錢？這裡有我在，包你不花一分錢。父親說：那是。又掏出一百塊遞過，老馬接了，把禮帽翹了翹，走了。

從此住下。車間有一條生產線，無數的車床、吊臂、工具箱、電鑽、扳手、螺絲。白天開動起來好像不是要生產什麼，而是要砸碎什麼那樣嚎叫著。一到夜裡，碩大的落地窗灑進月光，機器們全都安靜，一點聲音也沒有，好像全都死了。潮氣從地面返上來，瀰漫著墳墓的氣息。母親不准我去老馬的屋子裡看電視，所以搬進車間三個月，我還不知道老馬的屋子是什麼樣，電視是黑白的還是彩色的。每天八點之前，我點上台燈做完作業，就拔了插頭，揣著父親的半導體到車間四處溜達。一邊撿起散落在四處的螺絲，放在就近的工具箱上，一邊聽著單田芳用沙啞的嗓音講著《童林傳》，那聲音在空曠的車間裡迴蕩，彷彿有無數個單田芳，無數個童林童海川。

有時晚上在車間裡遇見老馬，他提著手電筒檢查電閘和門鎖。一般我都躲開，只是半導體不捨得關，他其實能夠聽見我，但是並不找我。他總是醉的，即使是清晨，他也好像是剛剛喝過酒的樣子，走路晃晃悠悠，見到女人就捻起禮帽，但是從不摔倒。

我一直納悶父親是怎麼和他成為朋友的，兩人的共同點像是夏天的雪花一樣少。父親年輕時是個運動健將，擅長跑圈，廠裡一開運動會，便派他去跑圈，一圈一圈跑下去，據說有一次忘了已經過了終點，多跑了一圈，還是得了第一名，贏了兩雙黑膠鞋回來。有一次正跑著，忽然覺得汗好像一下子出光了，從身上的各個毛孔噴出去，隨後一股熱氣襲進胸口，張嘴吐出一口血，便人事不省，一頭栽倒在黃土跑道上。從此幹不了重活，肺裡面結了血塊，經常上不來氣。因是代表車間出戰，好歹算個工傷，就留在車間裡幫著收拾散落在地上的小零件，用隻竹筐，一個一個撿起來放進，再交給倉庫保管員，第二天重新配發。其實是個可有可無的活，誰也不當回事兒，除了父親自己。他每天按時上班，挎著竹筐在車間撿一天，下班之前一個個數過，分門別類交上去。一次母親得了急性腸炎，吐得一塌糊塗，去工廠衛生所掛吊瓶，想讓父親請一天的假，父親說：最近車間忙，脱不開身。母親說：車間忙？關你屁事。父親說：車間忙，亂丟的零件就多，撿一天都撿不完，晚上還要撿。母親說：你還真把自己當根蔥？誰不知道你是個廢物？少你還能停了工？父親盯著母親看了半天，穿上工作服說：下班之後過去看你。然後依舊上班去了。

我們的隔間在車間的北向，沒有窗戶，極潮。夏天過後是秋天，蚊子少了，身上的紅點也少了，不用每天夜裡起來殺蚊子，往身上塗牙膏了。因為蚊子殺不淨，車間裡除了老馬，只有我們三個活物，每天晚上準時到我們身上就餐，前赴後繼，大啖人血，殺累了，睏得不行，第二天還要上學，只好往身上塗上牙膏，就著一點點的清涼和不癢趕快睡去。秋天蚊子雖少，卻有蜘蛛，蜘蛛不咬人，只在你身上亂爬，有時還要坐在臉上休息，伸手去抓，馬上邁開八腳，水上漂一樣逃走。等你住手睡著，牠們便扭頭回來，繼續在你身上旅行。隔間的角落裡都是蜘蛛網，搗毀之後牠們又結，索性放任自流，反正不咬，讓牠們爬去，每天起夜尿尿，站起來都有蜘蛛落下，我也不看，端起夜壺尿完，倒頭再睡。十二歲的我，夜裡的事情還數睡覺是頭等大事。

一天正睡得結實，沒有做夢，忽聽見有人用拳頭砸門，拳勢之猛烈好像要把鐵門砸穿，伸手進來抓人。父親和母親馬上翻身坐起，好像從沒有睡過一樣，眼睛瞪得溜圓。「別出聲，可能是保衛科的。」父親在底下用嘴形對我說。我的心怦怦亂跳，自從住進車間，「保衛科」三個字成了最大的咒語，因為從沒有見過。每次來做夜查，我們都藏進隔間裡把門緊閉，所以只聽見過腳步聲，從沒見過保衛科的臉。這時聽見門外說：兄弟，我是老馬啊，快快開門，有好事講給你。父親長出了一口氣，做手勢叫我繼續睡覺，母親翻身穿上衣服，父親在門裡說：老馬，半夜兩點啊，有好事明天再講吧。又一個拳頭砸下，外面說：非得今天說不可，人生能遇見這麼大的喜事，一定要跟你講講，老婆是你的，哪天抱著睡覺不行？父親只好把門打開，披上衣服出去。剛一露頭，就被老馬一手抓住，說：走，下樓喝酒，我專門擺了宴啊，單請你一個人。

於是，怎麼也睡不著了，母親在底下倒是不久就睡熟了，她是車工，每天要站八個小時。又翻轉了一會，還不見父親回來，我躡手躡腳從床上下來，繞過母親搭在床邊的手，開門出去，下樓來到老馬的屋子門前。老馬的屋子在車間的大門旁，任何人進入車間都要經過它，白天是收發室，晚上就是更夫的臥室。只見一縷縷煙從四面門縫冒出來，我敲了敲門。老馬在裡面說：誰？我說：我媽讓我來找我爸，他明天還要上班。門開了，裡面一片煙霧繚繞，一張兩米長，一米寬的大鐵桌子上亂七八糟的鋪著報紙，報紙上面擺滿了用一次性塑料盒盛的盒菜，兩隻白酒瓶和無數的啤酒瓶擺在地上。一隻啤酒瓶倒了，碎成兩半，啤酒流得到處都是。鐵桌子旁邊是一張鐵床，床上的被褥向外翻著，床單被罩都已經油黑。在門的旁邊，是一個一人高的舊工具箱，上面放著一台彩色電視機，開著，可不知是故障，還是因是午夜，已無節目，翻著白眼一樣冒著雪花。父親手裡拿著筷子，上面夾著一塊鍋包肉，剛要送進嘴裡，看見我站在門口，笑著用鍋包肉指著我說：兒子。我從沒見父親這麼醉過，因為有病，他很少喝酒，也不抽菸。今天他完全變了模樣，衣服敞著，露出雪白的胸口和胸口上的汗珠，手裡的菸捲已經燒到了指邊，還是夾著。

老馬也叼著菸，一把扳過我的肩膀，說：小子，進來。父親用腳踢過一把椅子說：兒子，坐這。聽你馬大爺講，呵，你這個馬大爺啊，真是個好漢。我站著沒動，說：爸，回去睡覺吧，再喝天就亮了，媽媽自己在屋裡。父親說：是啊，快坐，你馬大爺正講到關鍵的地方。老馬說：兄弟，你這兒子我喜歡，一雙手白白淨淨，一看就是念書的胚子，我那個種認字還沒有我多。不說這個，跟他媽過，我也見不著。剛才講到什麼地方？父親說：說你倒在地上，一把把那女警察的褲腰帶抓住。老馬吐出一口煙，說：是啊，那女警察的褲帶真緊，手也硬，看我抓住她的褲腰帶，馬上揚手給了我一個嘴巴，說，鬆手，要不你不光是盜竊，你罪大了。我說，同志，我偷東西我認，但是實話告訴你，我偷東西是副業，主業是偷人，今兒第一次見，讓我摸一把，算個見面禮。女警察一腳踹在我褲襠，把我那玩意踢得七葷八素，差點把我絕了後。但我死死抓住她的褲腰帶不放，趁她劈腿，手就往裡伸。她叫了一聲，照我的胳膊就是一口，那娘們前世一定是個畜生，這一口好像咬到了我的骨頭。我大喊一聲，一使勁把她的褲腰帶拽折了。她趕緊鬆開我，拉住褲子，我站起來撒腿就跑，邊跑邊喊：下回請我摸也不摸，乾巴巴的，沒什麼意思，回見。父親聽得哈哈大笑，笑得口水都流了出來，他舉起一杯啤酒衝著老馬說：好漢！然後仰頭喝乾了。

老馬也喝掉一杯，說：那是多少年以前的事兒了？我自己都記不清。最開始偷東西，偷的是軍帽、糧票、雞蛋、豆油，家裡姊妹多，我那死掉的老媽隔一年生一個，一口氣生了九個，從小沒穿過囫圇個兒的褲子，讓我們怎麼活，不偷可不就要餓死？小子，知道什麼是天窗嗎？我說：不知道。大爺，電視沒節目了，能關了嗎？老馬指了指自己衣服胸前的那兩個兜，說：行話裡，這叫「天窗」，褲子兩邊的兜叫「地漏」，裡懷叫做「心裡美」，屁兜叫做「請你拿」。偷東西先學身上偷，身上偷先學「請你拿」，因為屁兜最好下手，眼睛衝前，屁兜衝後，可不是請你拿怎麼的？「心裡美」最後學，最難，可是一般揣在懷裡的，是好東西，偷一個是一個，可是萬一失手，一下就讓人拿住，因為手在人家身子裡，哪跑得了？我開始的時候掏「心裡美」，就讓人拿過，那時手生，不知輕重，一下把那人給捅笑了，隨後便把我手給夾住。那時不興經官，從公交車裡拖出來就是一頓痛打，差點把我打死，話說，哪個偷東西的沒挨過揍？身上偷之後，就是屋裡偷，翻牆入院，敲門撬鎖。這練的不單是手上的功夫，腿腳還得利索，下腳要輕，眼神也得好，要不然夜裡不一定把什麼碰響。小子，你瞧工具箱上那鎖，我不用鑰匙，拿根鐵絲兩下就能捅開。父親又笑，端起一杯酒舉到老馬臉前說：大哥，捅一個，讓我們爺倆看看。我這兒子只會念書，今天讓他長長見識，省得變成個呆子。我說：不用了，爸，回家吧，我睏了。父親瞪著我說：沒聽你大爺說？拿根鐵絲就能捅開。老馬站了起來，搖搖晃晃走出屋子，不一會手拿著一根一頭彎曲的鐵絲回來了，工廠裡這樣的東西是到處都有的。他來到工具箱前面，自言自語說：這工具箱不是我的，是噴漆工張師傅的，放在我這兒當電視櫃，放了五六年，也不知裡面放了什麼。說著蹲下把鐵絲塞進鎖孔。

我站了起來，雖然剛才吵著要回去，可這時已起了好奇心，就見他輕輕地轉著鐵絲，一手小心地壓著鎖鼻，就在這時候他的手劇烈地抖動起來，把鎖芯碰得直響。他伸手拿起桌上的一杯啤酒喝下，手似乎好了一點。這回他重新集中精神，轉動鐵絲，隨著一聲清脆的金屬響動，鎖鼻彈了起來。他把鎖摘下來，順手打開了工具箱。裡面空無一物，連張報紙都沒有，卻散發出工人身上特有的汗味，一種體味和機油味的混合體。這時父親已經趴在桌子上睡著了，臉枕著一盤涼菜。老馬重新鎖上工具箱，在嘴上放上一根菸，當他劃著火柴，手又開始抖動起來，怎麼也放不到菸頭上。我接過火柴盒，幫他點上，說：大爺，你這手是什麼時候開始抖的？他說：十幾年前吧，讓酒給拿的，喝上就不抖，你說他媽的怪不怪？說著他舉起那根鐵絲說：十幾年沒開過鎖了，那咔的一聲，十幾年沒聽過了。小子記住，鎖裡面有個東西叫做鎖舌，鐵絲就是對付那東西，進去鉤住，向外拉，不要太用力，太用力鐵絲就直了，鎖舌拉鬆，簧就彈起來了，那動靜就是鎖簧的動靜，真好聽啊，跟小妞脫褲子那「刷」的一聲一樣。說著他又拿起酒來，看著我說：你大爺我這一身本領，呵，廢了。說完喝掉了酒，也趴在桌子上睡著了。

我扶著父親走出來的時候，天已經亮了，秋日清晨的淡雲浮在落地窗外的天邊，好像老人的眉毛一樣。

後來我問父親，那天老馬說有好事要慶祝一下，到底是什麼好事？父親想了想說，忘了。對了，後來那工具箱他打開了嗎？裡面有什麼東西沒有？我說：打開了，裡面是空的。只是他的手抖得厲害，爸，我感覺他好像有一天可能要把自己喝死，他為什麼要那麼喝酒呢？父親說：我十幾年前就覺得他要死了，可是他現在不還是活得好好的？為什麼這麼喝酒？偷不了東西，憋的。如果不是小舅子在保衛科，能讓他這樣有前科的人打更？不對，是前小舅子。他現在不是喝酒會死，是不喝酒會死啦！聽你媽的，還是離他遠點為好，爸是沒辦法，你知道嗎？我點了點頭，心想，我還以為你們真的是朋友呢。或者也許過去真的是吧。

事情並沒有像父親預料的那樣發展。冬天來了，下過幾場雪之後，老馬的身體好像突然垮了下來，雖然還戴著黑禮帽，可是鬢角的白髮多了起來，走路也不如原先那麼穩當，不用仔細看，就知道是醉得厲害。聽父親說，他好像再也不講前小姨子的事情了。隨後因為他忘了拉閘，好幾次半夜裡工廠的機器突然鳴叫起來，好像有人在棺材裡突然唱起了歌。車間主任向他下了最後通牒，再這麼下去，無論他的前小舅子是誰，也要趕他回家了。於是他拎著啤酒瓶到主任辦公室大鬧了一場，不過酒瓶子不是要打別人的頭，是向自己的腦袋招呼，把自己的額上砸開了一條大口子，如果不是被幾個副主任拉住，他沒輕沒重，把自己打死也說不定。於是主任告了饒，發誓只要他還有一口氣在，就一直讓他當更夫，這麼大的車間，沒有他這樣功勳卓著，兢兢業業的老同志看管是萬萬不行的。於是老馬才饒了自己，腦袋冒著血，從主任辦公室撤退了。

包上頭之後，老馬的酒喝得更厲害了，有時候他的屋子裡還進了陌生女人，這是過去從沒發生過的事情。他的屋子夜裡常會發出很大的聲響，有時候是大笑，有時候是大吵，不過第二天一早，屋子裡總是只剩下他一個人。據我的觀察，他的錢就是這麼花光的。

本來老馬能夠留任，對於我家是好事情，因為他是我家手裡唯一一張牌，打光就沒有了，只要他在，就沒有人能把我們攆走。可是沒想到，很快他就找到我家的頭上，原來我家也成了他唯一一張牌了。有天夜裡，他又來敲門，父親開門出去，我聽見他對父親說：兄弟，借一百塊錢花，開資就還你。父親說：大哥，我這緊你也知道，一百是真沒有，二十行嗎？老馬說：兄弟，這麼多年的交情你還不知道我？能不還你？父親說：不是信不過你，是真沒有，這有二十，回頭我再想辦法。老馬說：明白了，你沒拿我當朋友，那我也犯不著護著你。保衛科的人問我好幾次了，明天我去跟他們說說，到底是怎麼個情況。父親慌了，說：我再找找，明天早上給你送過去，肯定差不了，兄弟之間別說外道話啊！老馬說：明天早上我等你，如果大哥有別的辦法，不會來找你。對了，那二十塊先給我吧。

父親回屋之後，躺在床上，對母親說：壞了，可能住不長了，他窮瘋了。母親說：現在找房子也來不及，大冬天的怎麼搬家？況且你兜裡有錢嗎？租房子誰會賒帳給你？能對付一天是一天，只有開春再想辦法了。說到這裡，母親突然說了一句：如果他欺人太甚，我就跟他同歸於盡，這麼活著太累了，我什麼也不怕了。父親拍了拍母親的手說：別說了，全怪我，我是窩囊廢，你的命和他的命咋能一樣？先睡吧。

第二次價錢漲到了一百五。父親真的沒有，只好先給了一百，那五十欠著，說好一週之內一定給。一週之後，老馬沒來找，父親以為他忘了，省下了五十，就沒給他送去。那時我剛過完十三歲的生日，我是冬天生的，聽母親說，因為比預想的突然，就把我生在了爺爺家的炕上。爺爺家的炕真熱啊，我像個小貓一樣躺在熱炕頭上哭著，哭聲之大，大人們都安心地笑了。十三歲的冬天，我已不是嬰兒，我迷上了小說，像是餓壞了的人見到了宴席一樣，拚命地讀著從各種途徑搞來的書。我最喜愛的是《基度山伯爵》，鄧蒂斯鑽進屍袋裡越獄的段落我不知讀了多少遍，每次讀都興奮得面頰紅潤，脊梁骨戰慄。那天父親和母親去參加一個外地遠親的葬禮，說好晚上會趕回來給我做飯，可是一直遲遲沒有回來。但是沒有什麼關係，我點上台燈，趴在母親的紅木箱子上讀書，我感覺到自己的魂魄從身上飄蕩出去，落在紙面上，和那書裡面的人物一起冒險，而我自己只剩下了一具空殼。

這時突然有人敲門，我如夢初醒一樣說：馬大爺？外面說：開門，保衛科的。頓時我的身上涼了，腦袋一片空白，我說：我爸媽沒在家，我不能給陌生人開門。外面說：這是你的家？

這是公有財產，快開門，非得讓我們給你撬開？我夢遊一樣拉開門鎖，看見外面黑暗的走廊裡，站著三四個人，我一個也不認識，老馬不在其中。一個人踱步進來，四處看看，說：不簡單，這麼點地方能擠三個人？也不怕凍死？我恍惚地說：冷的話就進被裡。他伸手去我的床上摸了摸，回頭說：嗯，是電褥子。一個人用手指了指，補充道：還有台燈。進屋的那人蹲下，對我說：小朋友，你知道這廠裡的電是誰的？我說：是你們的，是你們的電。他搖搖頭說：不是你的，也不是我的，是國家的，你們家現在在從國家的兜裡偷東西，知道嗎？我的腦中忽然冒出一個念頭，這是「心裡美」還是「請你拿」呢？但是那時我已經冷靜下來，沒有說出口。他繼續說：本來我應該現在就把你攆出去，把這些東西都沒收了，但是現在外面下雪了，你爸媽也沒在，萬一把你凍死，我也不忍心。我的孩子和你一般大，那樣的事我做不出來。這樣，電褥子給你留著，要小心用，不要著火，台燈我拿走，沒收了。還有，等你爸媽回來，告訴他們，有什麼意見來找保衛科，否則讓你們三天之內搬出去。說完他拿起我的台燈，因為插頭還連著，他拿起的時候台燈還亮著，隨後他使勁一扯，台燈滅了。我撲過去一把抓住台燈說：還我！他說：讓你爸媽到保衛科來取。我說：不行，還給我。我一手抓著台燈，一手抓著他的袖子，他被我抓得煩了，把袖子向後一抽，我沒有防備，向前衝去，嘴唇撞在鐵門框上，鮮血馬上冒出來，流了一身，臉也摔破了。後面的人說：科長，就是摔破了點皮，我們走吧，這小子好像有點不正常。科長從兜裡掏出一塊手帕，遞給我說：我可沒要打你，是你自己摔的，讓你爸媽來保衛科找我。說完他們就走了。

我坐在地上，哭了一陣，把血擦乾，明白這一切是因為少了那五十塊錢，一定是老馬告了密。就差那五十塊錢。台燈值五十塊錢。我忽然看到了母親的那隻紅木箱子，台燈拿走了，紅木箱子露了出來。我走下樓，在地上撿到一根鐵絲，回來樓上，把鐵絲的一頭掰彎，伸進箱子那個金色的鎖頭孔裡。鎖舌，重要是鉤住那個鎖舌，然後輕輕地拉，不要太用力，否則鐵絲就會變直。我試了幾次，都沒有鉤到，夜裡的冷氣包圍過來，把我裹在中間，凍得我渾身發抖，手也不聽使喚。我把手攏在嘴前吹了吹，再一次把鐵絲伸進去，這次鉤到了，「咔」的一聲，鎖鼻彈了起來。我扔掉鐵絲，掀開箱子蓋。裡面是滿滿一箱子土，乾土，我伸手插進土裡，在裡面摸索，什麼也沒有，只有土夾著我的手，好像我的手是從土裡長出來的。我抓起一把土放在鼻子前聞了聞，不是工地的沙土，是直接從地裡挖出來的，裡面還有螞蟻的屍體，已經乾癟了，相信當時的土是濕的，這麼多年活活陰乾成了這個樣子。母親帶著四處搬家的紅木箱子竟然裝的都是土，沒有一分錢。我坐在地上想著，盯著敞開的箱子，這一切超出了我的理解能力，但是沒有關係，我要把我的台燈拿回來。

我再次下樓，從一個敞開的工具箱裡抽出一把長扳子，推開了老馬的房門。他的屋子比我家的還冷，雪片被風吹著，呼呼地拍打在玻璃上，玻璃的縫隙全都結了冰。大鐵桌子上擺著無數瓶啤酒，好像森林一樣，可是沒有菜，只有一袋鹽。老馬沒戴禮帽，露出花白的頭髮，不像過去那麼油光光了，而是蓬亂著，染過的部分已經生出了白茬。他手裡捏著一根釘子，沾著鹽往嘴巴裡送，另一隻手拿著啤酒杯。看見我進來，他抬起眼睛說：小子，嘴怎麼破了？我說：你去把台燈給我要回來。老馬說：台燈？關我什麼事？我說：保衛科拿走的，你去給我要回來。老馬看了看我手裡的扳子，說：要拿這玩意打我？我說：站起來，把台燈給我要回來。老馬沒動，指了指自己的腦袋，上面還有啤酒瓶留下的傷疤，像一條翻白的小魚，說：往這兒打，我要是躲一躲，就不算你大爺。我想了想，把左手放在鐵桌子上，掄起扳子砸下去，他伸手一擋，扳子飛了，掃倒了桌上大部分的啤酒瓶。他騰地站了起來，叫道：你這手，比不上一個台燈？你這手？我的眼淚流出來，本來我是不想在他面前哭的，可是不知道怎麼的，眼淚就是直直地汆出來。我說：台燈是我自己的東西。你去給我要回來。他說：什麼叫你自己的東西？什麼話這是？你傻了？我說：就是我的東西，我的！我的！說到這裡，我簡直歇斯底里地喊叫起來。他站著看著我，看了好一陣子，說：小子，我那小舅子調走了，現在保衛科也不認我了，我去也沒用。我不理他，兀自哭著。他用手搭在我的肩膀，說：小子，你給我記住，你這手啊……說到這裡，他停了下來，好像忘記了自己想要說什麼，拿起禮帽，從地上撿起一隻完整的空酒瓶，掂量了掂量，手攥著瓶嘴倒拿著，說：走吧。

我跟在他後面，走在工廠中央的大道上，黑漆漆一片。雪下得真大，北方呼嘯著，把雪吹得到處都是，一會兒向東一會向西。大道兩旁的楊樹變成了樹影，看不清楚，好像隱在暗處的偷窺者。老馬手扶著禮帽，在前面弓著腰走，我挪著步跟在他後面，雪落進我脖子裡，可我一點也沒覺得冷，臉上的血凝成了血塊，好像也不疼了。走到保衛科的辦公室門前，透出窗戶我看見裡面亮著燈，我的台燈就放在科長的桌子上，連著插座，正發出柔和溫暖的光。科長手裡端著茶水，和別人說笑著。老馬收拾了一下自己的衣服，把花襯衫的領子抹平，對我說：在外面等著，是那個台燈？我點點頭。他笑了笑，走進去之前衝我翹了翹禮帽。我看見科長站了起來，他說了什麼，指了指台燈，科長搖頭，他又說了什麼，聲音大了起來，三四個人圍了過去，用手指著他。這時我看見他嘴角邊有浮起那種深醉時的微笑，就像他講起抓住那個女警察褲腰帶一樣，然後他摘下禮帽，掄起啤酒瓶砸向了自己的腦袋，啤酒瓶在他的額頭上炸開了，煙花一樣飛濺出去，那條翻白的魚突然活了起來，變得更大了，在他額頭上遊動，他後仰著摔倒在地，一隻手拿著禮帽，一隻手攥著僅剩的瓶嘴，一動不動。

就在這時，好像有誰拉動了總開關，我聽見工廠裡所有的機器突然一起轟鳴起來，鐵碰著鐵，鋼碰著鋼，好像巨人被什麼事情所激動，瘋狂地跳起了舞。工廠的大道都跟著戰慄起來，麵條一樣抖動著，土、石子、樹木，都跟著抖動起來。所有的路燈同時亮了，把一個個廠房照得清清楚楚，那沉重的鐵門，那高高的煙囪，那堆在路邊的半成品，都清楚地裸露出來。我看見他們也站起來，在大雪裡跳著舞，身上的軸承、螺絲、折葉，向四處飛濺，落在黑暗裡不知所終。有人喊叫著，從房間裡面衝了出來，把我撞倒在地。我倒在雪裡，台燈在桌子上還散發著溫暖的光，震耳欲聾的轟鳴聲把我包圍。我感受到一種前所未有的安全感。

我的朋友安德烈

一

我倒數第二次看見安德烈是在我爸的葬禮上。

東北的葬禮準確來說，應該叫集體參觀火化。沒有眼淚，沒有致辭，沒有人被允許說，死了的人活著的時候是什麼樣子的，尤其是死了一個普通人的時候。死者的家屬徹夜不眠，想著第二天都會來什麼車，誰給車紮花，誰去給井蓋鋪紙，誰在靈車上向外撒紙錢。若死者有兒子，這個兒子就要想想怎麼把瓦盆摔碎，一定要四分五裂才好，人才走得順當。若是碎得不夠徹底，親戚們便瞪起眼，覺得你耽誤了行程，讓他誤了一班車，還要撿起來，重新摔過。我便親眼見過有人摔來摔去也摔不碎。有人在旁邊說：你媽還有未了的心事。那人正被瓦盆弄得起急，撿起瓦盆朝那人扔去，那人一躲，瓦盆碎了個稀里嘩啦。

參加的人也要起個大早，通常是淩晨五點左右。車隊要排好，瓦盆一碎，靈車的司機就斜眼瞧你，你塞給他三百塊錢，他就馬上喊道：起靈！這種人通常聲若洪鐘，兩個字在黎明裡蕩開去，好像要讓街上飄浮的遊魂讓路。若是塞給一百，他好像突然睏了一樣，叨咕一聲：起靈吧。之所以這麼早就要出發，是為了趕那第一爐，其實早沒有什麼第一爐，不知道什麼人正趕在焚屍爐建成那一天死掉，獲此殊榮，之後的第一爐，無非是那天還沒有煉過人罷了。這淺顯的道理任何人都懂，可還是要爭那第一爐，似乎凡事都要有個次序，然後爭一爭，人們才能安心。

我爸葬禮的前一晚，我的睪丸突然劇痛，不知道是不是那陣子一直在醫院忙著，沒工夫尿尿，憋出了毛病，疼得好像要找大夫把自己閹了才好。我安排人把香看好，千萬不要滅了，自己披上大衣，鑽進零下三十度的寒風裡，走進我家對面我爸去世的醫院，躺在一張發黑的床單上，脫下褲子，讓大夫把我的睪丸捅來捅去，看看這兩個一直帶給我快樂的東西，這天晚上怎麼了。大夫是個男人，手卻很細，好像在挑水果，他說：大小一樣，應該不是先天畸形，最近性生活正常嗎？我說：不正常，家裡有事，沒過性生活。他說：之前正常嗎？我說：聽人家說不正常，時間有點長。他說：沒事兒，我看。說著他又捅了捅。你是喝水喝少了，可能裡面有點鏽。他話音一落，我就不疼了，一點也不疼。診室裡的電子鐘指著四點四十五分，我提上褲子從床單上跳下來，衝著大夫鞠了一躬，然後跑家裡。車隊已經就位，我從車隊的尾巴跑向車頭，親戚們已經在院子裡站好，我媽站在靈車邊上，她從兜裡掏出黑紗，上面有一個白色的「孝」字，戴在我胳膊上。瓦盆在地上，燒紙已經放好，我從褲兜裡掏出打火機，司機及時拉了我一把，遞給我一盒火柴，於是我用火柴把燒紙點燃，看它們冒出黑煙然後化為灰燼。我吸了口氣把瓦盆舉過頭頂，這時突然忘了台詞。我媽在我身邊輕輕說：爸，一路走好。我喊：爸，一路走好！瓦盆摔了個粉碎，好像是見了風的木乃伊一樣，灰飛煙滅。她塞給司機三百塊，司機聲嘶力竭：起靈！

然後，我看見安德烈，披著他初中時的那件灰色大衣，和初中時候一樣，敞著懷，裡面只有一件背心，手提著初中時的破書包，像是提著剛剛斬下的人頭，在熹微中向我走過來。

我第一次見他時，他就穿了一件背心，那是初一的第一堂課。班主任是個三十歲出頭的女人，姓孫，初中三年她一直陪伴著我們，在不得已的相互了解中，我們發現對她來說，生於和平年代是個不小的失誤。當老師，對於她是屈才，對於我們是有點過頭了。當時她擦了擦黑色小皮鞋上的灰塵，好像剛剛爬過幾座大山趕到此地，說，你們應該能猜到，我今天能教你們，一定是我這些年教得不賴，我有辦法治他們，我教過的學生沒有一個回來看我的，我不難過，他們要是不怕我，早就完蛋了。所以，還是那句話，你們都是好學生，都是考上來的，我不想管你們，我太累了。然後她抬頭看了看我們，好像在確定是不是聽懂了她的話。大部分人都投去聽得不能再懂的眼神，我也是。那是一九九七年，東北的教育體系中誕生出一種擇校制度，堪稱深刻洞察家長學生心理的偉大發明，即是在原本不錯的初中內，設立至少甲乙丙丁四個班（基本上都是如此，為了和普通的一二三四等班區別開），叫做「校中校」，吸收小學畢業的考生。和後來的中考高考有所不同的是，這種考試就算你考了第一名，也需要交納九千塊錢才能入學，所以又叫九千班。不過就算九千塊錢在當時是筆不小的數目（我家的這筆錢便是東拼西湊的），可幾乎所有小學畢業生都會試圖報考這樣的學校，誰會在剛剛起步的時候就停下來看著別人從身邊跑過去呢？我們當時的班級便是甲乙丙丁四個九千班裡的丁班。

孫老師講話的時候，有一個人拿了把小刀，一直趴在桌上刻字，發出嘎吱嘎吱的響聲。孫老師指著他，說：你，起立！他用手撐著桌子站起來，臉上露出不可遏制的笑容，想捂嘴又似乎有些難為情。孫老師說：你叫什麼？他說：我叫安德烈。她說：你怎麼會叫這個名字？到前面來，把你的名字寫在黑板上。他走出來，我們都笑出聲，不只是名字奇怪，他穿了一件極長的跨欄背心，下擺遮住了屁股，好像是穿了一件女人的套裙，兩條光溜溜的細腿，腳上穿著一雙舊球鞋。他走到前面，說：老師，沒有粉筆。孫老師從講桌裡拿出一整盒，抽出一根遞給他。他把粉筆掰斷，一大半還給孫老師，留在手裡的只有一小點，趴在黑板上寫：安德烈。字極難看，卻寫得極大，結果把難看放大了，尤其是「烈」的四點水，好像黑板上爬滿了肥碩的蚯蚓。寫完最後一筆，粉筆剛好用完，「烈」字的最後一點是用手塗上去的。孫老師翻開點名冊，說：名冊上的安德舜是你嗎？他說：那是我爸起的，和我沒關係。孫老師的惱火已經裝滿了教室，安德烈卻不以為然，笑嘻嘻地站在她的面前。她說：安德舜，你剛才在桌子上刻什麼？他說：周總理。孫老師似乎嚇了一跳，說：下課之前你要是不把課桌上的周總理劃掉，我就讓你父母來賠！以後考試，你要敢寫安德烈，我就給你零分，以後你要是還穿背心短褲來上學，我就讓你當著大夥脱掉，你聽明白了嗎？我下意識在底下點頭，這是小學時落下的毛病，老師問「聽明白了嗎」，無論如何成了歧視。那時候大家的眼睛都開始紛紛出了毛病，除了生在知識分子家庭先天就遺傳父母的近視，其他生下來時正常的眼睛到了初三都模糊起來。一方面是課上的內容越來越多，黑板上的字也就越來越小，有些老師不會安排空間，上來先痛痛快快地寫幾排大字，寫到第二塊板子，發現寫不完，字就驟然變小，到了最後，簡直像趴在黑板上刻字一樣，刻出白色的一小團，整個黑板自上而下就像一張視力表；第二方面是，大家越睡越晚，聽說有幾個女生經常熬通宵，第二天照常上課，還能站起來回答問題。這是孫老師告訴我們的，她說：睡那麼多有什麼用？不睡不也好好的？後來其中一個叫做于和美的，一天在課堂上突然把腦袋放在地上，老師開始以為她在撿東西，看她遲遲撿不起來，說：于和美，先聽課。她輕輕地說：老師，我覺得，不是，我猜，我的腦袋缺血了，我要把血控上來，控一會就好了。老師覺得不妙，走過去把她拉起來，只見她的鼻孔噴出兩道血流，好像要把她頂上天空一樣。第二天孫老師告訴我們，她是先天腦供血不足，以前不知道，我們可不信這個，至少不信先天兩個字。況且供血不足，血怎麼還會從鼻孔洶湧而出呢？當然像于和美這樣腦袋一度出問題的還是很少的，實在是太少的人會相信不睡覺也能好好的這種話。所以一些大個子的家長，當然是那些能和老師說上話的家長，發現自己的兒女看不清黑板了，而那些小個兒每天就在黑板底下聽課，想不看黑板都不行，黑板就在眼前，只要不是垂直趴在桌子上，隨時都在視野裡，就提出班裡的座位應該輪換，每週一次。對於這樣的家長，老師通常還是民主的，馬上就輪換起來。可安德烈從來沒有輪換過，除了初一下學期，也從來沒有過同桌，他就像一顆釘子，被老師釘在後門的窗戶底下，然後鏽在那裡。

不但是老師希望他坐在那，開始的時候，我們也希望他坐在那不要走。

初一上學期的一天下午，班裡自習，大家正亂作一團，汪洋說馬立業前幾天從他那拿的一本《灌籃高手》一直沒還給他，馬立業說是被汪海拿走了，當時他告訴了汪洋，汪洋說知道了，可現在看來他不知道。汪海說他是從馬立業那拿過一本《灌籃高手》，可不是他們說的第二十五集，而是第二十六集。汪洋把書包裡的書倒出來，發現原來第二十六集也沒了。他就說先不要說第二十五集的事兒，把二十六集還給我，汪海說在家呢，然後又加了一句，二十六集真沒勁，也不知道三井的那個三分球進沒進，馬立業叫起來說，不對，這是第二十五集裡的事兒。大家便開始熱烈地討論三井，大多數人認為三井是那套漫畫裡最有味道的人物。安德烈突然喊道：別說了，孫老師來了。大家正在愣神，班裡出現了整個下午唯一一刻短暫的寂靜。門開了，孫老師走進來，看見每個人尚未合攏的嘴，有的是因為話還沒有說完，有的是因為驚訝，她也驚訝得把嘴微微張開，低頭看了看自己的高跟鞋，慚愧地笑了笑說：你們學會聽聲了。說完扭頭走了。我們看向安德烈，他正拿著圓規在桌子上刻東西，那張桌子上除了他的名字之外，他已經刻上了海豚，鹿，阿基米得，當然還有周恩來，不知道這回他刻的是什麼東西。也許是他的耳朵靈吧，我相信大多人當時都這麼想。

第二天，還是那個時候，大家正在談論《神鵰俠侶》裡的尹志平是不是該死，馬立業正在大講守宮砂的科學依據，當時古天樂和李若彤主演的《神鵰俠侶》播得正熱，李若彤被尹志平侮辱那一集，是所有人心頭的痛楚。安德烈說：別說了，孫老師來了。大家就好像聽見長官說立正一樣，馬上用眼睛盯著眼前的書，桌子上沒有書的就從抽屜裡隨便摸出一本盯上去，一時間大家眼觀鼻鼻觀口口觀心，坐禪一樣寧靜。沒有腳步聲，門開了，孫老師穿了一雙運動鞋走了進來。她這次看見的不是微張的嘴，而是一排排的後腦勺。我用眼角餘光看見她有些茫然，好像正在回憶哪裡出了問題，就像電影裡被共產黨員戲弄的特務。最後她說：把書包交上來，考試。看來她真是沒有辦法了，只好槍斃俘虜。

考完之後，我們向安德烈走過去，雖然他害我們多挨了一場考試，可我們更想知道他為什麼會像雷達一樣神奇。他從桌堂裡掏出一面鏡子，已經破了，被人用透明膠黏起來，上面的人影好像臉上有疤。他說：這條走廊寬兩米半。大家點頭，好像都去量過一樣。他伸手指了指頭上的窗子，說：這塊玻璃離地面一米六五左右，幾乎和孫老師一樣高，現在是十月份，下午兩點到三點陽光和地面的角度應該是四十五度多一點，可以認為是四十五度。他看我們全部傻在當場，又掏出一張草紙，上面寫著幾個方程式，也是蚯蚓一般的模樣。他說：我的書桌離地面八十三釐米，好，有了這些值，我把鏡子放在距離我胸口三十五釐米，距離玻璃七十五釐米的地方，因為我們的教室在這條走廊的盡頭。他抓起背心的下擺擦了擦鼻子繼續說：所以孫老師要是想搞突然襲擊，只能從東向西走過來，她又戴眼鏡，你們知道她戴眼鏡吧？我把鏡子擺好之後，只要她不是故意貼著牆走，而是走在走廊的中軸線或者中軸線靠右，在她距離後面這塊玻璃……他看著我們，沒人回答，他失落地說：三米半的時候，我就能看到她的眼鏡反射的光。我們驚訝了一會之後，汪洋說：真牛逼啊，真牛逼！然後我們像逃兵一樣退去，把安德烈留在那個屬於他的哨崗上。

不知不覺半年時間過去了，我的成績越來越差。因為我愛上了一個同班的女孩兒，或者說，為了和這看不到邊的苦悶生活作對，我選擇愛上一個女孩兒，然後成績就自然而然地差起來。現在我早已忘了她的樣子，其實在當時我也經常想不起她的樣子，那時卻被一種愛的感覺徹頭徹尾地征服。我挨了很多次打，當然是因為成績的原因，我爸媽無法理解花了九千塊錢把我送上一所我考上的好學校，我竟然成績突然不行了，這對於他們來說無異於一種詐騙。我對自己是很理解的，因為我知道小時候那些所謂的優異成績，只是比同齡人更早地使用了大腦。而在其他方面我則更晚覺悟，而我現在已經覺悟，至於大腦，用不用是我自己的事情。為了那個我現在已經忘記的女孩兒，我做了許多的事情，很多我至今想起來都無法相信，其中一件就是在淩晨時分，爬過學校的圍牆，用準備好的晾衣杆捅開窗戶，跳進教室，為她整理桌堂。把她前一晚隨意扔在桌堂裡的書，分門別類擺好。然後坐在她的椅子上，想像再過幾個小時她坐在上面的樣子。這樣的事情我不是每天都做，偶爾一次突然的莫名其妙的整齊，她才不會起疑心。

就在這種愛最炙熱的時候，或者說，就在這種愛冷卻之前，我們開了政治課，那是初一下學期。政治老師是一個四十幾歲的女人，卻還沒有結婚，長得像是三十幾歲，愛穿花衣服，臉也經常抹得如同牆皮的顏色，走起路來喜歡扭屁股，忽左忽右，好像在和一個我們看不見的人跳舞。她姓宋，我們都叫她「宋屁股」。聽說她年輕的時候美得可以，不光是屁股，哪裡都好看，還寫得一手好文章，這是歷史老師告訴我們的。歷史老師是一個男人，是我們學校裡唯一打著領帶上課的老師。他上課的時候不愛講歷史，說歷史書太髒，經常撇著嘴說：晦史啊，晦史。他專講宋屁股，講宋屁股的歷史。他說宋屁股下鄉的時候沒有書看，身邊只有一本字典，就天天背字典，吃飯睡覺下地幹活都背，後來就精神出了問題，說簡體字越看越不像字，這話傳出去，她就成了那個公社裡最年輕的反革命。但是也有人說她的精神病不是因為背字典，而是因為公社書記。我們問，公社書記？他說，你們不懂了，講也白講，反正她是她那一批裡最晚回城的，回城之後，精神病就好了。因為中考不考歷史和政治，歷史課和政治課實際上是擺設，只有半學期，上完就可以把書賣掉。歷史老師深刻地領會了他事業的精髓，把歷史課變成了政治老師的歷史的課，一到他的課，我們就打起十二分的精神。那時候老師們都喜歡扮作上帝，我們也沒有覺得如何不對，可突然有一個上帝願意講另一個上帝的八卦，我們便趨之若鶩，覺得沒有任何一門課能和歷史課媲美，就像是任何一個國家的歷史在我們的眼裡根本不能和宋屁股的歷史媲美一樣。

一天我又早早到了學校，去給她整理桌堂。我把晾衣杆伸向窗戶，卻沒有碰到玻璃，退後幾步才發現窗戶已經開了，一定是勞動委員隋飛飛前一天晚上忘記關了，我想。我揚手把晾衣杆扔進教室，做了一個簡短的助跑，上了窗台，等我落在教室裡的時候，我發現教室有一個人，在清晨的黯淡曙光裡，我認出她是宋屁股。

她看見我的驚詫不次於我看見她的驚詫，我們面對面驚詫地站著，屋裡像是沒有人一樣安靜。她的手裡拎著一個編織袋，站在她的書桌邊，另一隻手拿著一本書，包著生物書的書皮。可我認識這本書，它十分容易辨識，除了厚度比生物書厚出三分之一，從側面看，有一排書瓤已經發黑，那是描寫尹志平迷姦小龍女的段落，上面留下了很多人手上的汗漬。從她的表情和姿勢看，如果我沒有突然跳進來，她應該會把《神鵰俠侶》放進編織袋裡面去。我突然想起來汪洋丟失的《灌籃高手》第二十五集，安娜丟失的《我的靈魂騎在紙背上》，之後馬立業的《幽遊白書》也不見了一本，許可的《福爾摩斯探案集》也找不到那本《血字的研究》了。這些書本來就不應該拿到學校來，如果向老師報案就相當於自首。她首先停止了驚詫，把「生物書」丟進了編織袋，然後她站直了身體，編織袋在她的手裡顯得有些分量，看來她是沿著走廊一路摸過來的，我們的教室是她今天的最後一站。她向我走過來，把編織袋敞開，說：挑一本。裡面五顏六色，我想找到那本《神鵰俠侶》，結果卻抽出一本《第三軍團》。她笑了笑，很自然的笑，好像是我做錯事，她在施捨我，說：有點眼光，這本不錯。我扔回去，把腦袋伸進編織袋，翻出那本《神鵰俠侶》，放回她面前的桌堂。她把編織袋拉上，說：我這些書是要交到德育處的。我在椅子上坐下，沒有說話，然後我聽見她跳了出去，輕盈的落在地上，之後我一直在想，她是怎麼跳出去的呢，穿了那麼一件緊身的裙子，我當時真應該回頭看她一眼。

上課鈴響起的時候，剛才那會兒的沉默和狐疑已經過去，畢竟因為我，她今天沒有得逞。也許我應該向班主任報告，可如果我告訴孫老師今天清晨在教室裡發生的事情，首先要說清楚我大清早跳到教室裡幹什麼。我來幹什麼呢？睡不著覺跳進教室來一場大掃除？還是我一直在暗地裡調查我們班的課外書失竊案？況且宋屁股長得又不那麼難看，曾經還因為書或者其他什麼事得過精神病，只要她被我嚇到，以後不偷就好了，而且一想到我要站在孫老師面前舉報另一人，我就為自己感到噁心。我剛剛想到噁心兩個字，孫老師走進教室說：李默，早自習不要上了，給我出來。

她進了辦公室坐下，說：你書包呢？我一驚，想起來剛才在座位上，椅子怎麼那麼寬敞，可以動來動去，原來是書包沒在屁股後面。她從辦公桌底下的陰影裡把我的書包拽出來，說：你小子真行，給我打開。我看見我的書包已經變了形，好像一隻吃多了的胃，無需我動手，書包的蓋子已經自己彈開，裡面的書掉出來，教材都還在，只不過被壓在最下面，上面的一層是《第三軍團》《基度山伯爵》《窗外》《蕭十一郎》。她說：撿起來。我把這幾本撿起來，她拉開抽屜，我把它們放進去。她推上抽屜說：你要不是傻一點，我還真發現不了是你把這些東西帶到班上的。她得意得好像眼睛要掉出來，說：你把書包落在走廊，我要是不撿，你說，是不是對不起你？我明白了事情的原委，我跳進去的時候，書包落在走廊裡，宋屁股跳出去的時候，發現我的書包，就把我們班的書放進去，她以為我馬上會把書包拿回去。可我當時正在疑惑和恍惚中，完全把我還有一個書包這件事情忘得一乾二淨。結果孫老師黃雀在後，我就進了她的辦公室，書也進了她的我不會向任何人說起這件事。我只是想平靜地看她一眼，也許她能夠明白我的意思。可是走進來的卻是打著領帶的歷史老師，他說：宋老師今天有事，她的課竄到下週，大家把歷史書拿出來，今天我們講……他把自己的書翻開，試圖回憶起他這門課的進度……第一章，人類的起源。我正在驚奇他為什麼沒有講宋屁股的故事，他已經開始朗誦課文，「人類的曾祖父是一種相貌醜陋，毫無吸引力的動物。他五短身材，比現在的人類要矮小得多。」我無法集中精神聽關於人類的曾祖父的故事，第一是宋屁股本人的和在歷史老師口中的雙重缺失讓我很焦慮，我一直不知道原諒一個人是什麼感覺，好不容易有了一次原諒別人的權力，被原諒的對象又不見了，要下週才能出現，這一週的時間讓我心頭的原諒安放在何處？第二，安德烈一直在旁邊小聲說話，自言自語，我有幾次差一點就聽清了，可最終還是沒有聽清。在快要下課的時候，我終於忍無可忍，說：哎，你在那叨咕什麼呢？他看了看我，說：他講的不對。我說：他講什麼了？他把自己的書挪過來，不知道他到底是哪裡出油，竟然連歷史書上都是油漬，他指著其中一段說：書上說，人，他指了指我倆，就是我們這樣的，是從猿也就是一種大猴子進化來的。我說：啊，動物裡也就牠們和我們最像了。他說：你去過動物園嗎？我說：沒有，聽說過。他說：我也沒去過，但是裡面肯定有猴子對吧。我說：對，咱書上畫著呢。他說：動物園這玩意，他拿出一個小本，是一些報紙的碎片，用線縫在一起，看上去像是一沓錢。報紙上寫，動物園這玩意已經誕生了幾百年，怎麼沒有一隻猴子進化成人，不說動物園，有人類之後，森林裡的猴子也沒有跟著滅絕啊，那些猴子怎麼到現在沒有一隻像咱們這樣，能寫能算，還能坐這兒聽課呢？我頓時被問住，但是為了證明我不是從來沒想過這個問題，讓他在猴子和人的領域遙遙領先於我，我問：那你說，人是從哪來的？他把報紙片放回他的灰色大衣裡，說：有人說，人是上帝造的。但是這個問題無法證明，你既無法證明人是上帝造的，也無法證明人不是上帝造的，我也覺得人應該是被造出來的，但是不一定是上帝，誰知道那是個什麼東西？我忽然靈光一現說：人不是從宇宙裡來的嗎？我的意思是先有了宇宙，才有了人，對不對？他說：宇宙是誰造的呢？我投降了。我說：你贏了，我們是人造的。他擺擺手，說：不對，不對，我只是覺得，也無法證明，我只能證明他們不對，從邏輯上，可也無法證明自己對。我說：別跟我說邏輯和證明，上次數學考試我考了三十幾分。他說：我也是，你三十幾？我三十二。我說：比你多兩分，你那鏡子整得多牛逼，怎麼數學考這麼少？他聽我問起，馬上把那次的考試卷子翻出來，指著第一題說：這道題其實用了一個很簡單的定理，但是我在算的時候，發現這個定理有些不夠，怎麼說的，有點囉嗦，我就想把它弄短一點，我又得證明短了之後的定理和原來的定理其實是一樣嚴密的，你懂吧，嚴密，結果呢，他興奮地搓著手，說：考試的時間就過去了。我看到他的卷子上，抬頭處寫著蚯蚓一般的「初一丁班安德烈」，第一題是滿分，第二題的運算占滿了卷子剩餘的所有空間，結果是零分。看來，他是把還有其他三十幾道題這件事情忘記了。我問：最後呢，你的定理怎麼樣？他高興地說：錯了。原來的表述，應該是最完美的。

我和安德烈真正成為朋友是因為足球。

初一下學期的冬天，遲遲沒有下雪。就在那個冬天，雪把地面覆蓋之前，我開始懂得了一點踢球的竅門。足球來到我腳下之間，我能聽見自己興奮的呼吸，我的所有神經都把靈感傳導到腳上，髖和腳腕隨時準備把這只皮球控制得像是我身體的一部分。我無師自通地掌握了球的旋轉，我發現要想讓球聽你的話，就要讓它在你的腳底下旋轉起來。只用一個月的時間，我便可以帶球的時候不用低頭看它，讓它自如地在我腳下打轉，然後觀察我的隊友正在什麼地方奔跑，對手正在從什麼方向向我趕來。我熱愛帶球，就像一個嬰兒熱愛媽媽的乳頭那樣，無時無刻不想把它銜在嘴裡。我討厭傳球，就算是所有人都向我撲來，而我隊友已經排列整齊站在對方的面前，我也會勇敢地選擇獨自把球從所有人中間帶出來，繞過隊友，送進對方的門裡。這也許是我那時生活中僅存的快樂。可當時我忙著把球踢得更加精湛，根本沒工夫想到這是快樂，在我的生活已經全面褪色的時候，足球成了我緊緊抓住的色彩，我妄想，在這個操場上重新成為英雄。

當時很多人討厭和我踢球，因為他們會閒下來，除了向我吆喝著希望我把球傳給他們，沒有別的事可做，有幾次我聽見他們的聲音已經近乎於哀求：李默，傳啊，傳給我！我無動於衷，繼續讓我和我的足球舞蹈。有一次足球從我的側面飛來，我用腳內側把球輕輕停在半空中，它像一隻陀螺一樣在那裡旋轉。兩個人站在我的身邊，他們同時伸出腳希望把球踢走，我把身體從他倆之間穿過，在他們以為我忘記了球已經在我身後的時候，我用右腳的後跟把球磕過兩人的頭頂，側身把球抽進球門。我記得所有人都愣在那裡，發出難以抑制的驚呼。

安德烈也是在那個冬天開始學習踢球，馬上陷入痴迷。和我不同的是，他是一個後衛。可是他天生骨頭僵硬，兩條腿跑起來就像操場上誰在搬一條兩條腿的凳子。而且他的運動神經明顯不如他的理科神經發達，經常是球到了近前，露出驚訝的表情，好像是在想，咦，它是什麼時候過來的？然後兩條腿像是騎自行車一樣，一通亂蹬，把球蹬出去。可他的腳卻硬得像是石頭一樣，經常把球踢過圍牆，如果你不小心被他蹬上，一定是一個疼痛難當的下午。他經常因為踢人惹事，因為他踢了人之後自己毫無察覺，對方在地上打滾的同時，他已經衝著球追過去，抬起一腳把球踢遠，有幾次不小心踢在倒地的人臉上，估計對方一時不知道腿和臉哪一個部分更疼。等人家爬起來揪住他，他還無辜說：不是我，你弄錯人了，踢了你，我一定知道的。

就在那次我把球從兩人的頭頂勾過之後，我坐在球門裡，脫下鞋子，看著別人把手伸出圍牆的柵欄買水喝，心裡盤算著誰能讓我喝一口。他坐了過來，也脫下鞋子，空氣馬上變味，他的襪子已經臭得發乾，我相信如果脫下來，可以像兩隻靴子立在地上。他伸手摸了摸我的腳，我嚇一跳說：你幹嘛？他說：你怎麼踢得那麼好？就是剛才，你怎麼能，就是那麼一踢，你怎麼能想到那麼一踢？我說：哪有工夫想，就是隨便一踢唄，我還會別的呢。我把球抱過來，穿著襪子把球顛過頭頂，等球快落到膝蓋附近的時候，用腳把球在空中一帶，球像被抽了一鞭子轉起來，然後穩穩地落在我的腳面上。他瞪大眼睛說：你的腳上怎麼像是有膠水？我把球踢給他說：你試試。

不難。他站起來，我說：你踢球的底下，落下來的時候像我那麼向旁邊一帶，畫一個半圓。他照我說的，結果一腳把球踢過了圍牆，落在一位賣水的老太太的車上。老太太馬上在牆那邊罵起來：誰踢的？是不是丁班那個小傻子？遲早有一天我得讓你踢死。他抱著球回來的時候說：我不行，我的腳法不夠黏。

從那天起，無論什麼時候踢球，他一定要和我在一邊，他說：你上去，上去，過他們，我給你當後衛。他給我當後衛的方式除了把球踢出圍牆和把對方踢倒在地之外，就是一定要把球傳給我。在他逐漸掌握了長傳球的技巧之後，這一特點變得尤為明顯。他不在乎我是不是已經陷入重圍，或者根本沒有準備接球，有幾次我稍一溜號，球已經飛到我的臉上。同伴們後來也逐漸發現了他這一癖好，看他要傳球的時候就喊起來：安德烈，還有我們呢。這樣的話對他沒有任何影響，他的眼睛裡只有我這一個隊友，足球對於他來說不是十一制的，而是兩人制的，就像是乒乓球裡的雙打。最可氣的一次是我已經坐在場下，我剛剛扭了腳，他的球還是朝我飛過來，我狼狽地趴在地上把球躲過，然後一瘸一拐地把他拉出來，說：你傳給我之前，能不能先看我一眼？他說：我看了啊，要不然我怎麼知道傳到哪？我說：我的意思是你得看一眼我是不是方便接球。他說：我怎麼能知道你方不方便？我想了想說：如果我也看你，我就是方便，你看我的眼色行事。他說：我聽你的。從那天之後就變成，如果我不看他，他就把球踢到界外去。

在我和他成為朋友之後，政治課換了老師，來了一個嬉皮笑臉的胖子，走進教室之後的第一還是留校察看。我們這個年級一共只有甲、乙、丙、丁四個班級，加起來不到二百五十人，那些出色的挺拔的漂亮的女孩兒在初一的時候已經輪番走上升旗台，有些人在升旗台上已經出現了許多次。也許柳校長覺得他已經看夠了，於是到了初二，他決定自己親自升旗，所以每個週一，我們都會看見他穿著特製的白色制服，戴著白手套，把國旗升上去，然後為他鼓掌，以表示我們知道他辛苦了，希望他能注意身體。之後他取消了宣布處分決定的環節，這個環節變成了一張大紙，貼在教學樓的外牆上，不單是週一，我們每天都能看到。取而代之的是講演比賽，我們每個人都要輪流上去講演，按照學號的順序，沒有一個人能夠逃脫。畢竟那時候女孩兒的身體和容貌經常在短短一個月的時間就有了難以置信的變化。

我們班的好幾個人從此變成了講演高手，每一個人都形成了自己的經典腔調。隋飛飛講演的開頭通常是「有這麼一個故事，我從來沒向別人說起」，然後中間便是自己默默地幫助孤寡老人或者偷偷為班級修理壞掉的桌椅，結尾一般寫到「他們不會知道，一個人正在角落裡，甜蜜地笑呢」，整篇講演稿籠罩在一種鬼鬼祟祟的氛圍裡，好像她幹的好事如果被人發現，她就要殺人滅口。于和美的風格是情緒飽滿，從上台的故事一般和希望小學有關，因為她曾經給希望小學捐過一件嶄新的棉衣，然後被邀請去學校參觀。捐棉衣的當天她媽媽錯把新棉衣當做舊棉衣放在了袋子裡，她稀里糊塗地交了上去，等老師發現之後表揚她，她哭了。她講演的結尾一般是「看見孩子們的笑臉，看見她們穿著我的嶄新的棉衣，穿著單衣的我，突然覺得無比的溫暖」。這時她眼睛裡的淚水便會配合著「溫暖」兩個字流下來，非常準時。高傑則高級得多，他是我們班的學習委員，是個天生的順民和講演者，聲音渾厚，手勢有力，他的特點是善於引用詩詞賦格和名人名言，毛澤東和辛棄疾是他使用得最多的兩個詩人，「天若有情天亦老，人間正道是滄桑」和「了卻君王天下事，贏得生前身後名」我就聽過兩遍。一次正趕上把他養大的外婆去世，他講演的第一句是：少年不識愁滋味，愛上層樓……而今識盡愁滋味，欲說還休。音調有些哀傷。可中間的內容卻不是思念，而是外婆之死對他的激勵，最後他把手放在升旗台的欄杆上：把吳鉤看了，欄杆拍遍，無人會，登臨意。激昂的情緒重又回到他的眼睛裡。

安德烈登上升旗台那天，誰也沒有防備他會給大家帶來一個特別的早晨。他掏出講演稿的時候，柳校長在旁邊馬上皺眉，他要求所有人都是脫稿的。他把講演稿在手中翻滾了幾遍，找到了開頭，唸道：今天我演講的題目是「下水井蓋為什麼是圓的」。同學們，它之所以不是方的是因為……所有人笑得東倒西歪，我笑得蹲在地上，口水順著嘴角流下來。在笑聲中，他沒有停下來，而是鎮靜地朗誦著：圓形的直徑是圓周上任意兩點的最長距離，你們知道，井蓋如果掉下去，一定是兩點之間的距離小於那個窟窿……柳校長怒氣衝衝地打斷了他說：井蓋掉不下去，是因為底下有東西卡著。安德烈搖搖頭：你肯定沒看過《十萬個為什麼》，這是一個幾何問題，不是一個東西卡著的問題。柳校長原來是一個體育老師，幾何問題離他實在太遙遠了，他說：你是故意擾亂升旗儀式的秩序。安德烈說：我在發表演講，是你打斷我的。校長一時沒有反應過來，想了一會說：下週演講還是你，題目是〈祖國在我心中〉，回去向你們班的好學生學習，要講得深刻，孫老師？孫老師狼狽地從隊伍裡走出來，他俯視著孫老師說：如果這個學生下週講得不好，我再找你談。

孫老師的對策除了把安德烈罵得狗血噴頭，說他是她這輩子見過的最大的禍害，是害群之馬，是腥了一鍋湯的臭魚之外，就是讓高傑當他的老師，手把手地輔導他，她還暗示高傑可以替他把稿子寫好。那一個星期，安德烈的草紙上寫滿了毛主席詩詞，他好像對這些一點也不排斥，在高傑的悉心照料和好言相勸下，到了下一個週一之前，他已經背熟了幾首。我提醒他，這次一定要脫稿，不要再給校長抓住把柄。他點點頭說：現在已經背得一個字也不差了。到了週一，孫老師借給他一套乾乾淨淨的校服，然後把他拽到洗手間，盯著他把頭髮洗淨。他再次登上升旗台的時候，整個人煥然一新，如果不是他下意識的手腳亂動，幾乎和高傑長得一模一樣了。他把麥克風拿在手裡，環顧四周，等大家徹底安靜下來之後，他大聲說：今天我講演的題目是「祖國在我心中」。然後他深吸一口氣，像其他人一樣，指揮家似的把一隻手緩緩抬起：「鍾山風雨起蒼黃，百萬雄師過大江。虎踞龍盤今勝昔，天翻地覆慨而慷。人生易老天難老，戰地黃花分外香……下面，我來講一下海豚的呼吸系統。」整個校園爆發出雷鳴般的笑聲和掌聲，有些人吹起口哨，大家像是過節了一樣，在這一圈圍牆裡面從未有人這麼集中地給我們帶來快樂。我一邊笑得喘不上氣一邊開始擔心，安德烈這次可闖了大禍了。他在歡樂的節日氣氛中講到：海豚的呼吸是有意識的，如果牠們想要自殺，只要讓自己放棄下一次的呼吸就可以了。

之後安德烈再也沒有走上升旗台，而是走上了教學樓前面的大紙，他的名字後面寫著：留校察看。

孫老師對他沒有辦法，她已經把所有能夠毀滅他自尊心的話都說盡了，可他的自尊心似乎沒有受到任何損傷，而是越發堅定地支撐著他坐在離黑板最遠的角落，每天自得其樂地生活。

我也一樣，無憂無慮，既然永遠逃離不了這裡，何不躺下好好呼吸自由的空氣呢？可安德烈不這麼想，至少對於我，他不這麼想。一天他對我說：你老坐這也不行，你還得往前坐，後窗戶有我看著就行了，你還是得好好學習，咱倆不一樣。我說：怎麼不一樣，我早就不想學了。他說：不對，不對，不一樣，你是有希望的，你就是話少。我說：有個屁希望，這三年咱倆註定做伴兒，你換不了人了。他說：孫老師說，這次期中考試就考這學期學的東西，你先把這次考好。我說：我就算這次有進步，也考不了年級第一啊，還是得坐這兒，來來，下盤五子棋。他說：咱們試一次，代數剛開始講二次方程，幾何講切線，物理化學上學期剛開課，現在還講基本概念，這幾門我能幫你從頭到尾捋一遍。英語我不會，你得自己背，語文會也沒用，沒準兒，到時候看運氣。現在離期中考試還有十五六天，從明天開始，咱倆六點半到教室，你背英語，我聽著，你就當我能聽懂，然後這一天你也別聽課，反正也看不清黑板，咱倆複習咱倆的，就這麼定了。說完，他開始在他的書桌上刻小人，小人長了一張窄臉，嘴角高高翹著，笑得很開心，然後他畫了一個箭頭，箭頭的終點刻上了我的名字。我想了想，如果像他說的試試，我能損失些什麼呢？萬一某一科考得不賴，是不是也能嚇那些老師一跳，證明我雖然成績不行，但我不是傻子。我突然發現我真的很想嚇他們一跳。

那次期中考試成為我初中三年唯一的巔峰，我考了年級第一名。幾何代數物理化學加起來丟了一分，英語出奇的簡單，大家分數相近，語文題出得很怪，作文是讓用白話文寫一首唐詩。那首唐詩我恰巧背過，是杜甫的〈從軍行〉，小時候我爸拿著繪圖的鐵尺子逼我背的時候（我爸一直很推崇傳統的教育方法），還要背上注釋，所以每一句的意思和典故我都倒背如流，幾乎不假思索地把作文寫完，而大多數人寫的完全是另一個故事。成績出來那天，隋飛飛、于和美還有其他幾個所謂的好學生突然不和我說話了，好像我的第一名是趁她們不注意偷的，她們看我的眼神是看小偷的眼神。安德烈在成績出來的時候，一下從書桌裡跳起來，撞翻了桌子上的幾本書，說：成了吧？成了，成了！雖然他的總分比我少了一百多分。在孫老師把我調回前排的時候，他又不停地用袖子擦鼻子說：李默，書桌裡的鉛筆別忘拿了，鋼筆水，鋼筆水在我這兒，別忘拿了，你的草紙夠嗎？我這有草紙，你拿點。好像我不是被調到前排，而是被調到另一個學校。然後在書桌上刻了一個胖臉的小人兒，嘴巴兩邊耷拉下來，箭頭衝下，指著他自己的胸口。

成績出來沒有幾天，安德烈下課的時候把我叫到廁所，我們的廁所一般是打架和談機密之事的場所，我見過乙班的一個男孩兒正蹲著拉屎，突然跑進來幾個人趁他屁股露在外面，褲腰帶卡在胸口，把他揍了一頓，這人被打得鼻青臉腫，追出去的時候人已經跑沒了，他又蹲下來把屎拉完。我還見過有人扶著廁所的牆拿著一封信大哭，我以為他是覺得這一封信當做手紙還遠遠不夠，結果他哭完之後把信疊好揣起來然後撒了泡尿走了。安德烈卻是來說正經事的。他告訴我，他在老師的辦公室聽見，教育局出了一份文件，我們學校今年有一個去新加坡留學的名額，在那裡讀高中大學，學費全免，還發生活費，只是需要畢業之後在那裡工作三年。我說：這事需要在廁所說嗎？今天有體育課，你球鞋帶了沒？他說：帶了，帶了。我還沒說完呢，老師說，教育局的文件上寫，這個名額應該給這次期中考試第一名的學生，那不就是你了？我突然覺得自己想拉屎，趕緊解開褲子蹲下，說：你還聽見啥了？他站在我面前說：我沒聽見別的，老師這兩天找你了嗎？我說：沒有，她把我調回前面就沒找過我。他說：那就對了，她說這話的時候，面前站的是隋飛飛。說完，他滿懷期望地盯著我，好像在等著我和他心有靈犀，可是我還是沒有明白他的意思。我說：然後呢？他說：你怎麼比我還笨？你沒聽說嗎，孫老師現在在自己家裡開了個補課班，又怕被人抓住，隋飛飛就幫她在班裡拉皮條。我說：什麼叫拉皮條？他說：我也不知道，我聽我媽說的，反正就是幫她拉學生，你懂了沒？我說：我說最近孫老師講課老是說一半話呢，原來那一半留著回家說。他說：我操，你還是沒懂。她是想把那個名額給隋飛飛，這下你懂沒？你拉屎真臭。我說：我是第一啊，文件上說是我，她也說了不算。他說：我覺得這裡面可能有問題，你最好去問問她，讓她知道你知道了。我說：對，我問問她去。然後我一邊使勁一邊開始想像新加坡是什麼樣子，開始想像我遠離了這裡的一切到一個陌生的國度是什麼樣子。我突然意識到，這也許是我一輩子唯一的機會，像小時候被爸媽反鎖在平房裡的時候一樣，捅開後窗戶，爬過一排低矮的小房子，跳在鄰居的院裡，再爬過一扇高我兩頭的木門，落在街上，然後在另一個世界，獲得新生。我笑起來，笑容旋即僵在臉上，我說：安德烈，你帶手紙了嗎？安德烈掏出懷裡的筆記本，撕了一張空白的給我，說：輕點，這紙硬。

第二節課剛好是孫老師的課，我準備下課就跟著她去辦公室談談。她卻好像知道我在想什麼。我們起立坐下之後，她說：這次期中考試，我們班的李默進步很大，大家鼓掌祝賀他。掌聲過後，她衝著我說：我就知道你有潛力，所以把你放在最後一排，你這種學生，就得用激將法。然後對著大家說：但是，這次考試的數學卷子的倒數三題，出現了很多誤判，數學組討論了之後，發現很多同學的證明方法雖然和標準答案不一樣，但是也是正確的，所以決定給一些同學修改分數，老師們雖然辛苦一些，可是只有這樣，成績才能公平一些。她拿出一份新的成績單，說：這個事情對我們班的影響不大，只是，我看看，年級第一名是我們班的隋飛飛，李默是第二名，還都是我們班的學生，而且就算是第二，李默的進步已經很大，大家鼓掌祝賀他倆。我沒有鼓掌，趴在桌子上。整整一堂課，我都沒有把頭抬起來，我怕看見老師，不知道為什麼，那個時候我就怕看見她的臉。下課的時候，安德烈走過來喊我：李默，體育課了。我沒有動，我感覺如果我把頭抬起來，這一節課流出的眼淚會從臂彎裡淌出來。他伸手摸了摸我的頭髮，我聽見他用那兩條是要我的命，你再不死，我和你媽就都讓你氣死，踢死你，踢死你我給你償命。他和著自己的節拍，把安德烈踢得滿地打滾，女人並沒有上去拉住他，而是兩手攏在袖子裡，小聲說：掙的錢都給你花，你這些年花了多少錢，你把我們掙的錢都花了你。老安，回家再說吧，老安。我爸這時候走過來，拉住他，說：同志，這不是打孩子的地方，也沒有這麼打孩子的。他把兩隻手在圍裙上蹭了蹭，好像剛才是用手踢的，說：大哥你不知道，以後不是他死，就是我死。安德烈趁機靠著牆站起來，手捂著肚子，人突然小了一圈。在他們走動的時候，我看見柳校長坐在他的大辦公桌後面，陰沉著臉，好像在等小鬼們鬧完了，在生死簿上打勾。他說話了，我第一次聽見他這麼近的對人說話，感覺特別刺耳。我現在想聽你親口說，這張大字報是不是你寫的？安德烈說：是我寫的，不是別人。好，那是誰把它貼在校長室的門上的？是你自己，還是有別人？安德烈說：是我貼的，沒有別人。安德烈的爸爸這時又抬起腿踢了他屁股一腳。柳校長說：同志，這不是菜市場，孫老師，如果他再打人，你就把黃師傅喊過來。黃師傅是我們學校資格最老的德育處老師，每天都帶著手銬上班。安德烈的爸爸說：校長，我就是想讓他站直了，你給我站直了。柳校長繼續對安德烈說：同學，你要想好，你的回答對於你很重要，你現在還小，不要以為講朋友義氣是多麼光榮的事情，搞不好會耽誤你一輩子。他說：我從不騙人，這張紙是我寫的，草稿我可以拿給你看，在我的書包裡。貼上去的也是我，昨天晚上八點左右貼的，用了一卷透明膠，我怕有人幫你撕下來，你看不見，我貼了三層。柳校長點點頭，「大字報」一直攤在他的桌子上，一張卷子那麼大。撕下來的人當時一定費了一些工夫，整張紙沒有一點損壞，透明膠黏在紙上，上面的字跡就像寫在水裡一樣。

柳校長把它遞給孫老師，說：你給幾位同志唸一唸。孫老師接過來，小聲唸：大字報……柳校長說：大點聲，你不知道大字報怎麼唸嗎？孫老師努力笑了笑，大聲唸：大字報，炮打孫老師。紅軍不怕遠征難，萬水千山只等閒。五嶺逶迤騰細浪，烏蒙磅礴走泥丸。柳校長，我是初二丁班的一名學生，李默也是初二丁班的一名學生，孫老師是我們的班主任，也是我們的老師。李默是這次期中考試的年級第一名，我不是，隋飛飛也不是，李默應該去新加坡，不是我，也不是隋飛飛。孫老師……唸到這裡她停下來，有些不知所措，安德烈小聲說：篡改。原來她不認識「篡」字，這不奇怪，我們的老師們經常會不認識一些字，語文老師倒是認字多些，可是有時候她會被兩位數之間的加法搞糊塗，比如給我們合分數的時候。孫老師排除了障礙繼續唸道：篡改分數的做法違背了毛澤東思想，鄧小平理論，五講四美，以德治國和柳校長制定的校規，我堅決擁護毛澤東思想，鄧小平理論，五講四美，以德治國和柳校長制定的校規，我要向孫老師這種行為開炮，不只一炮，如果她不改正，我還要繼續開炮，我願意坐一門擁護毛主席，鄧小平同志，江澤民同志和柳校長的迫擊炮。最後，我想說的是，去新加坡的應該是李默，不是我，也不是隋飛飛。此致敬禮，最最崇高的敬意，初二丁班，你的炮手，安德烈。校長室裡安靜下來，安德烈的文采超出我的預料，他不但留下名字，竟然稱自己為「你的炮手」，他竟然還要拉攏柳校長做自己的後盾，我一度不敢相信這是他寫的，可是確實是他的字跡，忽大忽小，彎彎曲曲。柳校長說：開炮這個詞你從哪學的？安德烈說：我們曾經做過一道閱讀題叫〈炮打司令部〉。柳校長點點頭說：同學，你的出發點是好的，有什麼事情可以講，我們學校一直鼓勵學生把自己的想法講出來，這樣我們才能知道你們想些什麼，才能更好地教育你們。我心裡想：完了，後面是可是。柳校長說：可是，你的方法是極其錯誤的，極其偏激的，你的這篇東西，是會毀掉一個年輕教師的，也會毀掉我們整個教師隊伍對於學生的愛惜。你明白我的意思嗎？他搖頭說：我說的是事實。她先錯的。柳校長說：這個我會調查，誰對誰錯不重要，重要的是我不能允許類似的事情再次出現在我的學校裡。安德烈說：這不是你的學校……安德烈的媽媽打斷他說：校長，你給他一次機會，他是一時衝動，而且他也不是為了自己。我爸馬上說：校長，這件事情和我們家孩子可沒有關係，我們家李默完全不知情，他我還不知道？他沒那個膽兒。安德烈的媽媽哭起來：德舜從小就老實，別人說什麼都信，他就是讓人當槍使了。安德烈說：媽，這件事情就是我一個人幹的，你誣賴別人幹什麼？安德烈的爸爸的右手應聲動了一下，他應該是想到了黃師傅，手沒有舉起來，而是說了句：你等回家的。柳校長擺了擺手說：你們的意思我都明白，這件事情我已經心裡有數了。這件事情雖然和李默有關係，他一進來我就知道他什麼也不知道，不知者不怪。孫老師改分數的做法如果確實有問題，學校絕不姑息，一定嚴肅處理，該誰去新加坡就誰去，按照上級的文件來。他挪了挪面前的茶杯，靠在椅子上，從抽屜裡拿出一沓錢，對安德烈說：這是三千塊錢，退給你，這是你留校察看的記錄和這三千塊錢的收據，這不是開除，名義上你還是我們學校的學生，中考我們也會安排你參加，但是從今天開始，你不用來上學了，我們學校的老師教不了你。然後他對著安德烈的爸媽說：如果你倆覺得我的處理有什麼問題，你可以向相關部門反映。一會孫老師會安排你們在收據和相關材料上簽幾個字。孫老師，送幾位同志出去，剛才是誰接的他們，一會讓他把幾位同志送回去。

晚上放學之後走進家門，我爸正坐在飯桌後面抽菸，他問：真有新加坡這回事嗎?我說：我不知道，不知道安德烈從哪聽來的。他說：校長說有文件，那應該是有這麼回事。我說：我不知道，我們誰也沒看過文件。我媽拿著一把筷子，撒到桌子上說：吃飯了。我爸說：嗯，去洗洗手，吃飯吧。然後把菸頭按在菸灰缸裡。菸灰缸裡堆滿了菸蒂。

過了兩天，學校的教學樓上，記過和留校察看的學生的名單旁邊，出現了一張紅榜，是這次期中考試的最終成績，第一個不是我，也不是隋飛飛，是一個我們誰也不認識的名字，看名字應該是個女孩子，不知道她後來在新加坡生活得好嗎，那到底是個什麼樣的國家。

孫老師連續幾個星期情緒極壞，把隋飛飛都罵了幾次，還取消了我們的體育課，她經常在講課的時候突然開始數落我們，從罵我們腦袋笨開始，最後一句一般都是：你們這幫白眼狼。

三

從一九九八年的冬天，到二〇〇八年的冬天，這十個春夏秋冬，我經常和安德烈見面。後來我勉強上了大學，畢業之後進了一家小廣告公司做些文案工作，雖然也屬於我們初中同學裡面混得差的，畢竟也算是在社會上廝混著。他初中畢業之後去了一個極差的高中，念到高二退學回家。這麼多年，一直待在家裡，白天睡覺，等他爸媽睡下之後起床看書。前面幾年他一直在研究解析幾何和電磁鐵，中間幾年好像說發現了宇宙裡反物質存在的證明，這些研究和發現都屬於他自己，他從未想過讓除了我之外的其他人知曉，更沒有想過要去考個夜校或者學門手藝，到社會上混口飯吃。他一直靠著他的爸媽賣豬肉豬排骨豬血掙的錢養著他。他爸開始的時候經常要把他打出去，可他很經揍，每次挨完揍，躺在床上就能睡著，第二天還是賴在家裡。後來，他爸得了膀胱癌，命暫時保住了，膀胱沒有保住，腰的附近就多了一個尿袋，每天要倒幾次，還得定期打消炎針，於是就打不動他，只能躺在床上指著同樣躺在床上的他罵個不停。他有時候會回嘴，因為他知道雖然兩張床離得很近，可對於他爸卻是無法逾越的距離。兩個每天躺在床上對罵的男人要靠著一個女人獨自賣豬肉來養，我經常會想像這三個人是怎樣痛苦的一副組合。

到了二十一世紀之後，安德烈得到了一台計算機，是親戚淘汰下來的廢品。他每天跑圖書館，終於自己把計算機修好了，還學會了偷鄰居的網線，他說：反正他們晚上都睡覺了，我和他們誰也不耽誤誰。沒多久，他又學會了用代理器上一些國外的網站，他不怎麼懂英文，可他說他能看懂，我也相信他。

我們每週都要聚在一起踢球，他的腳法還是那麼硬，穿的也還是初中時候的校服，他後來幾乎沒怎麼長個兒，自行車後面夾著初中時候的破書包，書包裝著他搜集的報紙碎片。無論我站在哪，他都要把球傳給我，有時候會惹一些陌生人的不高興，我只好拉著他走掉，我可不想和他一塊挨揍。有一天他跟我說：這週他不能來踢球了，他要練功。我說：練功？他說：嗯，練氣功。我說：我還以為你不信這個？他說：這個不一樣，他解釋了我很多疑問。他告訴我什麼叫做真善美。幾個月的時間，他不斷瘦下去，不知道他是在練氣功還是在喝減肥茶。沒多久，法輪功在全國鬧出了亂子，安德烈又出來踢球了，可是心情看起來很不好，他說：李默，原來都是假的。我說：什麼是假的？他說：氣功是假的，說氣功是假的人也是假的，真相是不存在的。我沒明白他的意思，覺得他又出來踢球就是好事情。可從那以後，他的身上開始起了變化，他不再和我講，他在做什麼實驗，他心中的宇宙在進行著什麼樣的演變，而是經常和我談起中國建國之後的歷次運動，領導人之間有怎麼的齷齪，誰是誰的乾兒子，我搞不明白為什麼他突然對政治和近代史發生了興趣，而且主要是政治黑幕和近代野史。他告訴我：中國依然處於文化大革命的時代，大躍進也沒有結束，只是執政者變得更加高明，迫害知識分子和畝產萬斤之類的事情一直在發生，只不過不再是赤裸裸的那種，而是暗地裡偷偷摸摸地進行，用人們感覺不到的方式。雖然我混得也不怎麼樣，可我不能同意他的說法，我告訴他這已經是一個完全不同的時代，苦難依然在民間流行，但是已經完全不是我們父輩經受的那種。而且我們都太渺小，都不配把整個時代作為對手，我們應該和時代站在一起，換句話說，自己要先混出個樣來。他也完全不能同意我，他說他拒絕和這樣一個時代同流合汙，他說遲早要出現一場流血犧牲的革命，而他隨時準備上戰場。我說你這樣活法，革命還沒有來到，你已經先成了烈士了。

在很長時間裡，我們誰也不能說服誰，可我們也沒有因為對時代的看法南轅北轍而疏遠。我們還是經常在一起踢球，然後找一個飯館，喝上幾瓶啤酒，他講他的信念，我講我的生活，好像在面對另一個自己自言自語，因為誰也說服不了誰，後來乾脆變成一種光有訴說而沒有傾聽的談話。我們唯一的共同話題是追憶我們的初中生活，他把那段時光當做他一生裡最美妙的時光，儘管他的初中生活並不完整，也命途多舛，可是他覺得那時候他能和他的朋友坐在一個教室裡，不管當時他受了多少迫害，他管這個叫迫害，他還是無比懷念他僅有的兩年的初中生活。到了二○○七年，有一天他興奮地告訴我，他終於找到了他一生的研究方向。我問：什麼方向？他說：朝鮮。我一時沒有明白他的意思，我還以為他想要到朝鮮留學，可是朝鮮是不是有大學我都拿不準，他說：我要研究朝鮮這個國家。我說：那個國家有什麼研究的？不就是一個臭流氓？那時候朝鮮正和美國鬧彆扭，說自己兜裡其實揣著原子彈，別看你過得好，我扔你一個，你扔我一個，咱們兩個國家就都回到史前了。他說：你不知道，朝鮮太重要了，他是我們的過去，也是我們的未來。我說：照現在看，我們的未來即便不是美國，也不可能是朝鮮。他說：你不知道，李默，這方面你真的不知道。我心想，好吧，那我就不知道吧，在家研究朝鮮，總比時刻準備著提著衝鋒槍上戰場讓人放心。之後他便經常和我說，朝鮮最近餓死了多少人，而糧食都給了軍隊，朝鮮怎麼把中國的援助物資換成了毒品，然後又換成了武器，金日成是一個孤兒，是蘇聯人從森林裡撿來的，選他是因為他沒有親人也就六親不認，可以狠到底。我開始覺得有趣，像是聽評書一樣聽他義憤填膺地講下去，可是隨著他研究的深入我開始有些擔心，他講這些事情的時候變得小心翼翼，有的時候環顧左右，好像隨時要塞給我一張祕密圖紙。有一次吃飯吃到一半，他正小聲講著朝鮮政府怎麼改裝老百姓的收音機，讓它只能收到一個頻段，就是朝鮮中央廣播電台，突然他喊道：老闆，結帳。我說：幹嘛？我還沒吃完呢。他把食指放在嘴唇上，示意我不要出聲，然後又喊：結帳！出來之後，他告訴我：那家飯店不安全。我說：哪不安全？他說：坐我們側後方那個人有問題。我的心裡升起來一種十分不好的預感，而根據我對於預感的經驗，不好的預感通常都要成真。我這次的預感是，我的朋友好像是要生病了。

在我父親生病的時候，他被殺豬的父母送進了精神病院，導致此事的直接原因是他把他家養了五年的貓掐死了，他懷疑這隻貓是間諜，用鬍子當做天線發送電波。我沒有時間去看他。而在我父親去世的時候，我想到我這個認識了十二年的朋友，雖然他已經不一樣了，可是我還是想找他說說。他接到我的電話馬上聽出是我，他說：默，你一定是有事找我。我說：你還好吧。

他說：我很好，我盡量表現得像個瘋子。你那邊出什麼事了？我盡可能平靜地說：我爸今天去世了。他說：叔叔遭罪了嗎？我說：最後他肺子裡長滿了腫瘤，他是給憋死的。他說：肺癌最慘的事，人被活活耗死，叔叔這種還算可以了。我爸的癌症最近也擴散了，我希望他趕快死掉，起碼還能像個人一樣死掉。我說：既然人要死，為什麼還要活著呢？他說：其實，人是不會死的，因為，人在死去那一秒已經不是人了。我說：你什麼時候能出來？他說：我進去的時候，大夫問了我無數的問題，我只問了她一個問題。我問：什麼？他說：我問她你只需要告訴我，你們放不放無辜的人？我說：她放嗎？他說：她笑了，說，歡迎你，這裡都是像你一樣「無辜」的人。

當他在我父親葬禮的清晨，提著書包向我走來的時候，我懷疑我不但睪丸出了問題，因為過度勞累，我的精神也出現了幻覺。可馬上我知道這不是幻覺，一輛救護車從他身後趕上來，車上跳下來幾個男護士，七手八腳把他擒住，他向我喊道：默，別哭，我在這兒呢。他被拖上車的時候，靈車也發動起來，我坐上靈車，向外撒起紙錢，向著和他相反的方向駛遠了。

我最後一次見到他，是在我父親頭七之後，我掛著孝走進他的病房。精神病院在離城區很遠的地方，也圍著鐵絲網，可比我們學校的網高出很多。大夫說，他已經認不得人了。我說，一個星期之前他還認得我。大夫說，被抓回來後，他的病情惡化得厲害，院裡也加大了藥量，輔以物理療法。他的病房乾淨得很，沒有油漬，沒有亂堆的書本和草紙，只有一排白色的病床。他的床靠窗，我把水果放在窗台上，他正坐在床上看書，是《時間簡史》，我知道他初中時候就看過，不知道為什麼這麼多年之後又重看。他好像沒有發覺他的床邊多了一個人，我叫他：安德烈。他抬頭看了眼我，說：別問我，我什麼都不知道。我說：這兒怎麼樣？他把眼睛移回書上，說：此地甚好。我想起來，這句話他曾經給我講過，是瞿秋白臨刑前說的。我在他的床上坐了很久，他一直在看書，時不時用手蘸著唾沫翻動書頁，我說：我先走了，你多保重，出來的時候我們一起踢球。他像是沒有聽見，等我站起來，他突然一邊翻書一邊說：書桌裡的鉛筆別忘拿了，鋼筆水在我這兒，別忘拿了，我這有草紙，你拿點。我找到他的手握了握，走了。

大夫說我走之後，他的情緒變得很不穩定，襲擊了護士，禁止我再去探望。

我再也沒踢過足球。

僅此而已。

靶

九月六號。

從小到大，每隔幾年的九月六號就要認識一些人。那是開學的日子。

我是大學寢室第一個報到的。只要是一個人的時候，我從小到大一直都遲到。那天沒辦法，我爸媽開車送我，他們倆個厭倦遲到，從我認識他們起(當然我不得不認識他們)，他們就為了一刻不遲的出現在一個又一個的地點而皺著眉頭奔波在路途上，在我認識的人裡面，還沒有任何一個比他們更依賴於鐘錶，或者說，受鐘錶的挾持更深，若有一天時間不再被分割，他們一定是最先瘋掉的兩個人。

這座北方大學的風景非常糟糕，到處是風和黃土，兩者相得益彰，樹有一些，不過一看就知道是因為有人說，要有樹，於是就有了樹。教學樓和宿舍都是正方形，若有人說這是一個工廠，我一點也不會意外，倒是說這是一所大學需要一些想像力。可奇怪的是，這竟是一所很好的大學，最好的之一，好到很多人忘記了這裡還有風沙，好到許多不屬於這裡的人也會想辦法來到這裡。

在我被如期押到寢室之後，寢室裡還一個人沒有。我爸的司機幫我鋪好床鋪，然後看起四張鐵床上貼的名字（我們的床在上面，下面是一個書桌，兩者為一體）。「你的床位不錯，挨著窗戶，離電話也近。」「崔楠」「張旭」「蘭江」司機順著床位依次看過去。「你要小心蘭江這個人，名字有點怪，不像是城裡人。」我爸點頭說：「出門在外，小心點總是好，多和城裡人走動，凡事能說清楚。」我媽看了看腕錶說：「別忘了，要是和誰處不好，告訴家裡，我們再想辦法。」我不發一言，把自己帶來的書一點點的擺在書架上，海明威，毛姆，村上春樹和石黑一雄，主要是他們幾個，還有一些相關的書，一本挨著一本小心擺上。

等他們走後，我跑下樓買菸，順路去操場看人踢球。操場按理說是極大，不過擠滿了人，各占一塊，足球亂飛，讓我想起《神曲》裡地獄的景象，於是顯得不大了。一群年輕的教官占據了中間的一塊場地，雖然大都沒有掌握最基本的足球技術，但是個個出腳凶狠，直往對方的腳脖子上踩，被踩的也不叫疼，只是下次也亮著鞋底踩回去，踢得塵土飛揚。我抽完了兩支菸，覺得這樣踢球遲早會有人殘廢，可兩面還都呼嘯著踢得十分高興，不時發出骨肉碰撞的聲音。有些人的快樂真是充滿危險又不可理喻，我邊想著，邊向回走。

推開門，寢室裡面多了兩個人，一個躺在寫有「蘭江」兩個字的床上，一個坐在寫有「崔楠」兩個字的椅子上，兩個人正在激烈的辯論，只不過一個人用爭吵的語調，一個人幾乎沒有什麼語調。坐在椅子上的是沒有語調的人。他平靜的說：兄台，我不是不願意，是我覺得，既然都已經貼好了名字，也就是已經有了規則，雖然這種規則是一種偶然，可是因為已經發生，偶然的規則我們也應當遵守。

我有點眩暈，這人戴著很厚的眼鏡，看不清眼瞳，說話的節奏之慢，超於想像，兩隻手敞開，適時的給自己打著拍子，腦袋也隨著拍子左右轉動，好像不是在交談，而是在會場裡做報告，而會場的左右都坐滿了人，一定要左顧右盼才好。躺在「蘭江」床上的人幾次想打斷他未果，終於等他說完之後，說到：哎哎，你明白嗎，這是一件特別簡單的事兒，就像是一些人一看就是傻逼，有些人一看就不是，比這還簡單。我喜歡你這床，我從小睡的床就挨著窗戶，看著窗戶我才能睡得著，所以我不是要占你便宜，就是一個習慣，住在一個寢室裡，相互遷就一下，對不對？沒有語調的人轉動著腦袋，擺動著雙手想了想說：兄台說得對，應當互相遷就，這是美德，可是名字到底已經貼好了。躺在「蘭江」床上的人突然坐了起來，拍了一下床邊的鐵欄杆，說：這麼著，你把床讓給我，你就不用軍訓了，咱倆一起去廚房幫廚，就是摘摘菜，摘一個月就算完事。這事我來搞定，你說好不好？沒有語調的人晃著腦袋想了想，雖然不知道誰對誰錯，可是這人一說話就晃著腦袋著實也把我晃煩了，真想伸手去把他腦袋扶住。他說：有一個問題要請教兄台，既然應該軍訓，為什麼我們要去摘菜呢？坐在「蘭江」床上的人氣得要從床上跳起來，皮鞋落在地上發出清脆的聲響，他說：傻逼啊，總得有人摘菜，對不對？誰摘菜都他媽一樣啊。沒有語調的人退後一步說：那兄台怎麼知道是我們兩個人呢？怎麼知道的呢？

我終於先於他倆崩潰了。我說：上面那位哥們，我和你換，我的床也挨著窗戶。沒有語調的人晃著腦袋向我走來，說：這位兄台，我對你的拔刀相助深表感激，可是我覺得此事從根本上講，是……我說：是是是……是你最好離我遠點，還有別叫我兄台，你晃得我想吐。沒有語調的人嘆了一口氣，沒有坐下，而是搬著椅子走出門去了。

剛才躺在「蘭江」床上的人說：我叫崔楠，謝謝兄台了啊。說完笑起來說：這傻逼，兄台？傻逼。我看見他的樣子，馬上想起了我的許多親戚，都是這幅模樣，一點也不壞，可是不知為什麼，就覺得他們無藥可救了。而且我對他那副因為你站在他的一邊，就恨不得馬上把你引為知己以示自己知恩圖報的嘴臉厭煩極了。他肯定想聽見我說「是啊，可不嘛，是個傻逼不假」，大概這樣的話。我沒有說話，開始一點點把自己的書搬到他的書架，準備換床。崔楠跟著我走過來，抓著上面的床沿說：你知道我哪的嗎？我說：廁所。他沒有反應過來，我把《人性的枷鎖》塞好，指著自己褲子上的拉鍊說：已經憋不住了。

走進廁所的時候，我看見了那個沒有語調的人，他應該是叫蘭江吧，不會有錯。我們的廁所和水房是連在一起的，好像一個套間，水房是客廳，廁所是臥室。蘭江坐在椅子上，椅子就在水房正中央。他正目不轉睛的晃著腦袋掃視著兩排水龍頭，好像在檢閱士兵一樣。從廁所走出來的人，擰開水龍頭洗手，一些人走得匆忙，水龍頭沒有擰緊；也有人把衣物放在一個盆裡，用水澆著，人卻走了。蘭江就站起來，把這些水龍頭一一擰緊。我看了一會，進去把尿撒了，好長一潑，把大便池沖得乾乾淨淨。洗了手，把水龍頭擰緊，我對蘭江說：走吧，也不能天天看著。蘭江張開雙手，說：要是我爹媽看見，會哭。我說：家裡面缺水？蘭江說：長這麼大，我洗過兩回澡。說完站起來，把一個人留下的水龍頭擰好，那人看了看我們倆，把手在衣服上擦了擦，說：下回改，下回改。然後走出去了。我對蘭江說：一起洗個澡去？我知道澡堂在哪。蘭江說：池子？我說：淋浴吧。蘭江說：那水不都跑了？我編道：底子有大池子接著呢，不會浪費的。

這也許是我二十歲之前做過的最不明智的決定，勝過十五歲離家出走卻沒有帶錢和十七歲揍了某人之後留下姓名和班級。蘭江站在噴頭底下就像在融化一樣，我想，任何一個職業搓澡師遇見這樣的顧客都會享有畢生難忘的成就感，可惜，我是個業餘的。看著黑色的散發著餿味的汙水從我腳面上流過，我一次次想扔下搓澡巾逃掉，趕緊穿上衣服去外面呼吸一下透明的空氣，可是我沒有辦法把他獨自扔在這裡。他從來沒進過浴室，前兩次洗澡都是坐在水缸旁邊的大木盆裡，他爹用瓢把水澆在他身上，他洗過的水，他爹再洗。他邊說邊張嘴喝噴頭裡的水，皮已經給搓得發紅了，他還慚愧的說：兄台，再給搓搓吧，給屁股來兩下。洗到他滿意之後，我坐在換衣間的長椅上，已經筋疲力盡，身上冒著汗，比洗之前還髒，他卻光著腳光著屁股在地上亂走，雞巴給燙得蜷做一團，哼著小曲，厚眼鏡上都是水氣。

我們倆回到寢室之前，我遞給他一根菸，說：兩件事，一，別叫兄台，二，讓著點崔楠，行不？他說：菸不會，那叫你啥？我把菸放回菸盒說：叫我小默就行。他說：那就是小默兄，說完伸出手來，說：小弟蘭江，叫弟吧。我握住他的手說：弟，第二件事兒呢？能答應不？他把我手的上下搖了搖，沒有語調，說：辦不到的，小默兄。

那個叫張旭的遲遲沒來，據說是來報到之前，犯了急性闌尾炎，做了手術，剛好軍訓之後能夠痊癒。在軍訓之前的幾天裡我逐漸發現，這個崔楠其實是個很隨和的人，父親是J軍區的副司令員，細論起來，和我爸多年前都在蘇尼特左旗守過邊境，只是相互不認識。無論從哪論起，我和他總有一些共同認識的叔叔阿姨，這讓我有種說不出來的感覺。他的問題就是太喜歡說話，喜歡發表幼稚的意見，而實際上，倒不是一個自私的人。他尤其喜歡講黃色笑話，在每天晚上熄燈之後，特點是黃色有餘，笑點不足，我也喜歡講，青春期只有拿這東西聊以自慰。他聽完我的，總說：再給我講一遍，我沒記下來，哈哈哈哈。每到這個時候蘭江就要開始咳嗽，有一天不等崔楠說完，他放聲唱起國歌，帶著濃重的口音和虔誠：起來，不願做奴隸的人們，把我們的血肉鑄成我們新的長城，中華民族到了最危險的時候……走廊的聲控燈亮了。崔楠說：得得，大爺的，你贏了，睡覺。我說：都睡吧，明天就得軍訓了，不是鬧著玩的。蘭江堅持把副歌唱完，「冒著敵人的炮火，前進，前進，前進進」，翻身朝著牆睡了。

第二天一早穿好軍服，扣好腰帶，站在操場的太陽底下，教官拿著教鞭在我們面前走來走去。那時他已經教完了站姿，我們也已經站了兩個小時。教官停下來，用教鞭指著我和崔楠說：你們倆個，出列！我從蘭江邊上走過去，看見蘭江臉色十分不好，臉上很快的就出了一層鹽。教官說：從今天起，你們倆去伙房幫廚，要是偷懶，馬上歸隊負重跑十公里，聽明白沒有？我們倆個大聲說：聽明白了。教官說：能不能完成任務？我們倆個大聲說：能！教官說：大姑娘啊？能不能完成任務？我們扯著脖子喊道：保證完成任務！教官說：跑步前進！

我倆跑進廚房，管大師傅要了水喝下去，我說：你怎麼不把蘭江辦進來？他說：我也想，怪我嘴快，把蘭江不和我換床的事兒和我爸說了。這時候大師傅把水瓢要回去，崔楠說：師傅，你看我們倆幹點啥？大師傅晃著肥肥的腦袋瞄了我們一眼說：什麼也別動，別搗亂就行。我倆得令之後，就一人一把小板凳，一人一支菸，坐在窗戶邊觀禮。他們正在練齊步走，有兩三人一直順拐，其中就有蘭江，他不但順拐，還喜歡晃腦袋。教官把他們幾個從隊伍裡揪出來，一人踢了兩腳，然後在外面又走了一陣，其他人歸隊。只有蘭江還不對。一直到中午，其他人都去吃飯，蘭江還被教官留在操場上齊步走。不一會來了另外兩個教官把我們的教官喊走了，操場上就剩下蘭江一個人，還在不停的從一頭走到另一頭，然後雙腳一併，旋動腳跟，轉身繼續走回去。坦白的說，這似乎是意料之中的事情。崔楠推開窗戶喊：別走了，吃飯吃飯。蘭江似乎是沒有聽見，繼續來來回回走著，崔楠又急了說：你聾啊，你走給誰看啊，傻逼。我說：算了，我們先吃吧，他餓了就吃了，現在是不餓。

後來我發現就算在軍訓最累的時候，他也只吃饅頭泡粥，幾乎沒吃過什麼菜，他總是避開跟我們一起吃飯，悄悄的把饅頭撕碎，扔在粥裡，喝掉。因為大米粥，在我們軍訓的時候，是免費的。其實食堂的菜，雖然難吃，粗糙，量卻不小，三個人吃兩個菜，剛剛好，可是吃別人的菜，似乎從沒在他的考慮之列。

軍訓的第九天，教官狠狠的揍了他一頓。我和崔楠在窗戶裡面，聽不清他們說什麼。只看見我們的教官又把他從隊伍揪出來，這次是正步走，他還是走不對，手總是比腳慢半拍，腳踢出半天，手才警醒似的突然抬起來，頭也晃得依舊厲害。於是教官打了他的頭，他衝教官說了句什麼，教官又打他的頭，蘭江嘴裡不停的說話，看起來還是那麼有條不紊，教官一腳踹在他膝蓋後面將他踢倒，然後照著他的肋骨猛踢了幾腳。蘭江的眼鏡掉在土裡，他想抱住什麼，可教官的腳訓練有素，他的眼睛又看不清，幾腳下去，蘭江便縮在一團。崔楠想衝出去，我拉住他說：打都打完了。

這時候教官已經解散了隊伍，蘭江也慢慢爬起來走了。事情發生的著實太快了。

當天晚上，崔楠高中時候的女朋友來了，邀他去城裡吃飯。崔楠臨走之前和我說：我再和我爸說說，讓蘭江和我們一起。我說：嗯，別忘了，把今天的事兒說說。崔楠走後，我自己在寢室看書，石黑一雄的《長日留痕》[1]，看第三遍，又一次看到第三十三頁：他有禮貌地輕輕咳了一聲以吸引主人的注意力，爾後在他的主人的耳邊悄聲說：老爺，對不起，在餐廳裡好像有一頭老虎。也許您會同意使用十二號口徑的槍吧？這時候蘭江回來了，喝了酒。我說：嗯，多了？他說：喝不點[2]，老鄉讓喝。我說：再喝點？蘭江說：哪好意思？我就跳下床，下樓買了幾罐啤酒，一袋花生米，兩個滷雞頭。對著喝了一會，我說：疼嗎？他咬碎了一顆花生米，在嘴裡磨著說：沒啥，教官也是鄉下人，我知道怎麼回事兒。我說：什麼怎麼回事兒？他喝了口啤酒說：小默哥，你不知道，就我姐對我好。我說：我這有電話卡，給你姐打個電話。他說：不打了，我初中的時候，我姐死了，給埋在很遠的地方，近了怕我娘老去。你若是去，得我爹領著，要不然就得迷路。我說：你姐怎麼死的。他說：記不得了，好像是上吊了吧，死之前還偷了娘的胭脂抹上。從那以後，每次我受了欺負，就去我姐墳那坐坐，給她拔拔草，那時候覺得遠，埋怨我爹，現在才知道，什麼叫遠。我說：住在一個寢室是緣分，有什麼委屈就和我們說說，別自己憋著。他說：小默哥，我姐念書可好，比我還好，可惜死得早。我是我們縣第一名考上來的，我不傻，你是好人，我能分清人，一眼就看得出來，從小就這樣，就一眼。哥，給我一支菸。我看蘭江說話已經脫離了現實世界，去了很遠的地方，知道他徹底醉了，便推說沒有菸，把他勸上床。第二天要打靶，他本來就近視，如果一槍都上不了靶，教官恐怕又要打他。我和崔楠第二天不用打，負責換靶紙，記環數，崔楠一直想打兩槍，但是既然已經偷了懶，只能一直偷下去，再歸隊就來不及了。

第二天是九月二十六號，上午下起小雨，我們在寢室待命，正好讓雨壓一壓塵土，我想。崔楠悄悄跟我說：辦好了，他有腎結石，病例在檔案裡，可是他不說誰知道呢？今天打完靶，明

1 台譯為《長日將盡》。
2 意同「喝一點點」。

天他就不用練了。蘭江早早醒了，一直在床上寫信。下午忽然轉晴，日光就像是一個王朝占據了這個城市。不多時我們全都到了靶場，看著他們全都端槍趴著，心裡著實癢癢，父輩扛了半輩子槍，我們卻只能眼睜睜看著別人在我們面前打。教官講解完動作要領說：每人七發子彈，拉栓要用力，槍托要頂住，肩膀要鬆弛，鉤機要果斷，最重要的一點，射擊要聽我的命令，聽明白沒有？又是整齊的一聲喊。

啪啪啪啪啪啪，六槍很快打完，單數的時候崔楠去摘靶紙，我記環數，偶數反之。六槍之後，我和崔楠發現，蘭江槍槍打在八環以上，有四槍打在十環的圓圈裡，圓圈都快爛了。絕大部分人幾乎全都脫靶，四百米的射程對於初學者確實太遠了。崔楠說：我操了，這孫子是神槍手啊，不是近視眼嘛。打完第七槍，教官喊到：沒有我的命令誰也不許起來。崔楠跑上去，看到蘭江那張靶紙，他扭頭看了我一眼，表情很沮喪，嘴型是：脫靶。

就在他扭頭的一瞬間，一顆五六式半自動步槍的子彈從他面前飛過，穿過靶心，穿過虛無，飛到了最遠的地方。

長眠

唯有我一人逃脫，來報信於你。

——《聖經．舊約．約伯記》第一章第十九節

老蕭死了，這讓我始料未及。按道理說，我應該死在他前面。我比他大兩歲，我屬鼠，他屬虎，從屬性上來講，他站在食物鏈的頂端，而我是個任人驅趕的小東西。從年齡上說，如果我們兩個一起活下去，不生病，也應該是我先死，這麼說似乎有點奇怪，不生病的人該如何死去呢？死無論怎麼突然，似乎都要走過病變的過程，即使從三十層樓跳下，腦袋接觸到水泥地面的一瞬間裡，好像也是先有一個組織飛散崩壞的過程，然後才是死亡。不過老蕭曾經跟我說過，經他的研究發現，病和死是兩碼事。病是理性的，或者換句話說，是寫實的，而死亡，是哲學的，換句話說，是詩性的。他這麼告訴我的時候，我們兩個還是朋友，所以我深以為然，也曾經把他這套理論跟別人講過，忘記了是否註明了出處。而後來我們交惡，我想把他和他有關的東西全盤否定，但是發現很難，一種言論一旦與人分離，就生發出獨立的命運，有的甚至相當強悍，你越是

想要否定，越是沉溺其中，否定的過程成為了一次更為深刻的領悟。

就目前來講，老蕭在死亡這個章節裡毫無疑問地領先了我一步，就像某些享樂主義人士說的，再豐富的想像和嚴密的邏輯也抵不過切身的體驗。而且他這一死，也就擁有了永遠沉默的權利，就算你具備了擊敗他的能力，也無法促成擊敗他的事實。他的死是小米告訴我的，當時我正在公司上班，為客戶量身訂做一套理財計畫，所謂理財，即是說服對方把他的積蓄借給我使用，如果使用不當，到了還款的日子，就把別人的積蓄借給他使用。據我的觀察發現，有很大一部分人，會因為你送給他一個價值二十塊錢的「太陽能手電筒」而把畢生的積蓄交給你。所以我通常會自掏腰包，準備各種各樣的小禮物，待摸清對方的品性之後，酌情贈送。那天我正在給一個四十幾歲的婦人出示一面能夠瘦臉的鏡子，即使胖頭魚照上去，也如泥鰍一樣纖細。手機響了，是個陌生的號碼，我接起來，禮貌地說了你好，因為我本人也經常會打騷擾電話，十個裡面有五個，會不聲不響地接起，不聲不響地掛掉，這是比被罵幾句更難過的事情，好像自己身上有種難聞的氣味。可是這次十分奇怪，我說了你好，竟然輪到對方沉默起來，我說，無論您是哪位，我都是您最貼心的理財經理，您的每一份積蓄都是我的生命，我會像捍衛自家庭院一樣去捍衛。那邊又沉默了幾秒，說，說不出來，給你發短信吧。說完電話掛掉了。那聲音十分熟悉，可是一時想不起來是誰。兩分鐘之後，短信來了：老蕭死了，有事請你幫忙，我是小米。我把短信看了兩遍，確認應該沒錯。我跟坐在對面的婦人說，姐姐，我收工了，鏡子你留下。她說，我還沒決定買不買呢。我說，沒關係，不買也送，買的話我再送別的，記住我的電話號碼，還有記住，我是您最貼心的理財經理，您的每一份積蓄都是我的生命。她說，知道了，你會像捍衛自家庭院一樣去捍衛。我站起來拿起手提包，走出公司，找到一片非常空曠的地方，把電話撥了回去。

關於老蕭，小米和我關係，如果用最簡潔的語言概括，可以這麼來講：老蕭是詩人，我的朋友，小米曾經是我的女朋友，後來和他跑了。我也曾經喜愛過詩，大學裡寫詩的人不多，詩社也沒有，據說曾經有過，在八十年代，油印的刊物，但是在八十年代末的時候，因為有人成了「暴徒」，手裡拿著詩刊作為武器，妄圖擊穿坦克，看起來相當危險，詩社就被斷掉了。到了二十一世紀，曾經有人搞出一次復興，不過由於領頭的亂搞男女關係，使幾個女孩兒相互撕咬，後到了尋死覓活，分別割腕的程度，鬧到了校方。詩社又一次消失了。我從高中時期開始寫詩，寫在教科書的空白處，從未示人，從未朗誦，也從未想認識另一個詩人。在那個年紀，寫詩對於我來說，等同於自瀆，屬於應該在被窩裡幹的事情，是無法啟齒的快樂經驗。大學裡的第一個聖誕節，晚上天空下起了大雪，寢室的溫度降到了零下二十度以下，供暖系統徹底失靈，暖氣管爆開，流出冰碴，飯盒裡的麵條凍成滿頭亂髮的方臉，所有被褥都變得像紙片一樣薄。室友們挨不過，全都上了街，夥著女生去了市裡的教堂，據說那座教堂有座大鐘，一年到頭只被允許在今夜鳴響，一旦響起，就會傳遍城市的四面八方，第二天就會多了許多信徒。我留在寢室看書，《白鯨》，「別的詩人用顫音讚美羚羊柔和的眼睛以及從不落地的鳥兒的可愛的羽毛；我沒那麼高雅，

「可以。」

「蘋果河
冬天從北方的老人臉頰開始，
然後死在南方的女人腿上。
我從一隻蘋果的中途啃咬，
吃到它腐爛的瞬間。

蘋果啊
我為你送葬。
我用擔架抬著你的核，
葬你在活水之濱，
讓那無主的殘舟為你守靈吧，
我要回家去，
等待你明年漫過河堤的時日。」

唸完，他用大手把詩稿揣回衣服裡，說，

「唸完了，覺得怎麼樣？」

「不懂。什麼意思？」
「你寫詩嗎？」
我想了想說，
「有時候寫。」
「能不能唸唸？」
「不能，太冷了，你剛才怎麼張開嘴的？」
他手中的蠟燭燒到了一半，燭淚把下面的雪滴出了一個細洞。看不見他的鞋子。
「我的腳沒有知覺了。」他說。
「我也是，我們走吧。」我說。
「去我寢室聊聊，我走的時候燒了熱水。你說我的腳會壞掉嗎？」
「不會的，雪這東西保溫。」
「壞掉也沒關係，什麼事情都有代價。」
他說完笑了，顴骨動了動，眼毛凍得像樹掛一樣。我們倆走出操場的時候，他還舉著蠟燭，已經燒成了一個小方塊。迎面走來一個女孩兒，穿得極多，把自己捂得溜圓，她朝操場中間看了看，又看了看我們，說，
「同學，我來晚了嗎？」

後來我們三個來到他的寢室，聊到天亮，女孩兒也讀了一首自己寫的詩，大個兒找紙記了下來，改了一些詞句。我在雪停的時候睡著了，完全忘記了那首詩的內容，只記得女孩兒脫下外套後，胸口扁平，十分瘦弱纖細，聲音卻平靜堅定。我還記得一直沒有聽見教堂的鐘聲。

電話響了半天，小米才接了起來。「老蕭怎麼死的？」我聽見那邊好像傳來了放鞭炮的聲音。「很難說清楚。你現在怎麼樣？為什麼不發短信？」她說。「我很好，賣東西，你找我什麼事情？」「老蕭臨死的時候，讓我找你幫他一個忙，他說你不會拒絕。」「他以為他是誰？憑什麼我不會拒絕？」「因為他死了。」她說，「而且你是他的朋友。」然後又是一聲鞭炮響，好像就在她身前炸開了。「我現在事情很多，客戶都纏著我，即使我想幫，也可能力不從心，況且死了又如何，死了個陌生人我一點也不在乎，世界上哪天不死人？你現在在哪？」「他想讓你把他下葬，他不想被燒掉。」我把電話掛掉，走回了公司。

坐在自己的座位上，拿著鼠標亂晃，找不到想要點開的那個圖標。臨近畢業的時候，我和老蕭動過一次手，我抓住他的頭髮，把他往桌角上撞，他用手死死推住桌子，把桌子推得如磨盤一樣在日租房裡打轉，小米坐在床上，光著身子看著我們。老蕭踩中地上的一隻避孕套，摔倒了，我騎在他身上，打他的臉，他想用手把臉捂住，我用一隻手把他的手扯開，另一隻手搧他的耳光。小米走下床去，拉開窗簾，外面是普通的夜晚，遠處閃爍著陌生人家的燈光。「我跟他走，」她說，「我決定跟他走了，我已經決定跟他回去了。」我掏出手機發了一條短信過去：把地址給我。小米很快回覆了，並且詳細寫了在何處換車還有諸多需要注意的事項，因為那是一個相當偏僻的地方，北方的農村，下了火車需要換乘長途汽車，然後再叫跑夜路的黑車。我知道那是老蕭的老家，他曾經跟我講過，冬天的時候，尿出的尿會馬上結冰，村子周圍有一條清澈的河，村子裡念書的孩子不多，可是他卻學會了寫詩，我還記得他說起此事的時候不是洋洋得意，而是有些悲傷。

下午我跟上司請了假，說自己被診斷出得了腎結石，明天要去醫院體外碎石。上司同意了，並告訴我一個偏方：你可以尿尿的時候跳一跳，對，像這樣跳一跳，然後用兩隻手拍你的後腰，後腰是假，拍的是腎，腎知道嗎？對，就是那。邊跳邊拍，小石頭就會出來。那大石頭呢？我問。大石頭出不來，你以為你的輸尿管有多粗，也不鬆緊的。那中號的石頭呢？中號的石頭？他想了想，會卡住吧。還是去醫院體外碎石吧，卡住了就麻煩了。我照著小米的指示買了車票，在一個小站下了車，只有我一個下車的乘客，車門在我身邊迅速地關閉了。站裡面也沒有幾個人，候車室裡都是空座位，有人躺在上面，發出鼾聲。站外有人擺攤，算命的，賣襪子的，還有賣藝的人。我已經很久沒有看過有人在街頭賣藝了，那是一個四十幾歲的中年人，帶著一個十幾歲的孩子，孩子不停的把板磚砸在自己的額頭上，粉末從臉上流下，中年人光著膀子對著一支火把噴著火，時不時向觀眾呲一呲兩排黑牙。我找到了到那鎮上的長途汽車，那個鎮子有個奇怪的名字，叫玻璃城子。上車的時候我問司機，師傅，到玻璃城子大概多久？車上竟然一個人沒有，好多座位都壞了，鏽跡斑斑，有的地方油漆掉了，落出肉一樣的白鐵。車門也有些問題，打開之後遲遲無法關上，司機用手把車門關嚴，說，你到玻璃城子？我說，是。一定要去？我說，是。那你還問我幹嘛？他說。我被噎地夠嗆，鼓起勇氣又問了一個問題，師傅，為什麼車上沒有人呢？他說，你去之前不知道那是哪裡？我搖搖頭說，不知道。你去那幹嘛？一個朋友去世了。他從副駕駛上拿起一個帶著白毛的皮帽扣在腦袋上，說，那裡幾乎沒人住了，因為正在塌陷。我說，塌陷？他拉起手剎，把車子發動了，說，來，坐在我旁邊，和你說說。我坐下，他說，先把票買下。我不知道要多少，從褲子後兜裡掏出一些零錢，他伸出一根帶著黑色手套的手指搖了搖說，得要張整的，這麼大個車給你一個人用，看你小子不錯，我送你到村子裡，把叫黑車的錢也給你省了，故事還免費。我拿出張一百的塞給他，他揣進裡懷，說，坐穩了，起錨。

車子突然向前衝去，發出金屬摩擦的怪響，好像馬上就要散架，可是速度卻是相當可觀，路兩旁的枯樹迅速地向後退去，前方的小汽車也趕緊向旁退讓。想聽哪段？前面是一條筆直的寬闊土路，他雙手放開方向盤，拿起腳邊的茶水喝。我說，說說塌陷的事兒吧。他說，好，就說塌陷。不瞞你說，我祖祖輩輩住在玻璃城子，在下是個土生土長的玻璃城子人，就算有一天我眼瞎了，給我根棍子，去哪我也能自己找著。為什麼叫玻璃城子，我問過村裡的老人，沒有人知道，一個老頭據說一百多歲，光緒時候的事兒都記得一清二楚，可是也不知道這個地方為什麼叫玻璃城子。玻璃城子原來有三個村子，一條玻璃河繞鎮而走，夏天的時候，小孩子都到河裡玩，河水很清，一根針掉進去都看得見。冬天的時候在河面鑿一個窟窿，下一張網子，能捕著一人高的大魚，可這魚在春夏的時候卻看不見，只有從冬天的窟窿能捕到。在我四十歲的時候，陸續有幾個孩子滑進河裡淹死了。村裡人四處勘察，發現河水比之前漲了不少，那年雨也沒見怎麼下，河水怎麼就漲了呢？後來住在河邊的一戶人家，突然有一天腳下地裡滲出水裡，還沒來得及跑，一家四口連房子帶人，都陷進了水裡，撈出來時已經變成長短不齊的冰棍。我們這才發現，不是河水漲了，而是鎮子在向水裡陷。村長帶著會計，去一個很靈的廟裡算過，和尚說，玻璃城子的地下是一大塊冰坨子，在那裡可能千年不止了，一直相安無事，就在那年，不知為什麼冰坨子開化了。沒有什麼解決之道，只有趕緊遷走，因為不用多久，整個鎮子就都會給融化的冰水淹沒了。於是我搬了家，到了這裡開長途汽車，剛才你在站外看見一個噴火的人了嗎？我說，看見了。那是我們村長，那個拍磚的小子，是他和會計的兒子，他說。

車子前面的道路上漸漸露出雪跡，路邊枯樹的皮也大多裂開，剛才沒有看見鳥，這時有了鳥，幾隻烏鴉被車驚起，從地面飛到了樹上。司機的手一直沒有放回到方向盤，他從腳下拖出一張漁網，逮住一個窟窿，用兩支梭針織起來，梭針舞地飛快，他的眼睛兀自看著前方，好像一台陳舊的縫紉機。路上的雪厚了，沒有車轍，也沒有腳印，兩旁枯樹林裡，樹皮沒有了，成了一片默然站立的棕色木材。不知是從道路上，還是從枯樹林裡，升起了霧，貼在四周的車窗上，車子好像給什麼托著，向前飄動。織好了，你看怎麼樣？司機說。我說，不錯，還有多久能到？他說，快了，等你聽到聲音的時候，就到了，這網好用，三十年不會壞。說完，他拉開車窗，把漁網順出去，拴在後視鏡上，然後把皮帽子拉下來，趴在自己臉上，睡著了。我掏出手機，想看看時間，發現手機已經自動關了機，打開後蓋，電池淌出水來，想拉開窗戶把電池扔出去，發現窗子已經凍死了，凍出了漂亮的窗花。我便把手機揣好，搖低座位，也睡了過去。

畢業之後我便和老蕭小米失去音信，他們倆個畢業證也沒有領，就從學校消失了。我雖然獲得了學士學位，但是失去了所有東西，愛人，朋友，還有對寫詩的興趣。我曾經試圖寫過幾次，想寫在理財計畫書的空白處，可是一個字也寫不出來，詩好像一個舊行囊，被老蕭和小米背走了。這也可能是小米離我而去的原因，和我相比，老蕭才是一個真正的詩人，他雖然邋遢成性，鬍子老長，一貧如洗，沒有女朋友的時候，時常管我借錢去嫖娼，還睡了朋友的女人，但是他是詩人，就像他曾經跟我說過的：我所做的一切都和詩有關。小米後來也不寫詩，在老蕭的身邊，好像其他人馬上就會喪失寫詩的能力，但是小米把愛戀老蕭當做另一種詩的形式，那是十分有益的事情，我相信她是這麼認為的。這也是為什麼她離開我的時候，沒有一點點歉意。

我搬回了自己出生的城市，做過許多工作去謀生，謀生本身並不艱苦，無非是使某種形式的思考成為習慣，然後依照這種習慣生活下去。艱苦的是，生活剩下了一個維度，無論我從上從下，從左從右，從四面八方去觀察，生活都是同樣一個樣子，這讓我感覺到有些難受，但是也沒有難受到不得了的程度，只是覺得如此這般下去，也許我終有一天會為了擁有一個新的角度而瘋

握手吧，
或者搧我一個耳光，
和在下沒有關係。
你要變成石頭，
我卻變成冰，
在下已經準備好了，
回去。

我醒來的時候，發現車已經停了。司機沒在身邊，車窗外傳來響動，好像有人在敲一面悶鼓。我擦了擦嘴角，拿起手提包推開車門下去。迎面是一條寬闊的冰河，河對面有一根煙囪冒著炊煙，那煙囪看去很小，香爐裡插的香一樣。司機蹲在地上，網子裡面全都是魚，大的有胳膊那麼長，小的也有腳那麼大，都長著六隻鰭，有的還有兩隻爪子，他用一支木棍，正在把魚挨個敲暈。下手既準又狠，一棒子下去，魚就不動了，只有魚嘴還在吐著泡沫，魚眼已經徹底呆滯。我向冰河上看去，沒看見窟窿，也許是我睡得太久了，窟窿已經凍上。「醒了？」他說，我說：「醒了，我們到了嗎？」「自己不會看？河那邊就是。」我道謝，然後走上冰面，向對岸走去。這時他在我的背後說，「你的朋友叫老蕭吧？」我回頭，看見他已經坐在車子裡，從車窗外探出頭來，我說：「是，你認識他？」他說，「不認識。」說完車再次轟隆隆地發動起來，向後退去。

河面之寬，超出了我的想像。走了不知道多久，天正在黑下來，煙囪依稀要看不見了，卻還沒有走到，回頭看，我的來處也依稀要看不見了，車子早不見了蹤影。寒意襲來，我渾身發抖，突然意識到，如果這河面足夠寬，我不是要凍死就是要餓死，因為臉面和耳朵已經毫無知覺，雙腳像棒子一樣硬了，肚子咕嚕嚕直叫。於是我把圍巾取下來，用打火機點燃，扔在地上，把雙手雙腳烤熱，雖然我沒了圍巾，但是至少能讓我支撐一陣子，有活著走到的希望。這時我看見遠處有一點移動的火光，正在向我靠近，我便不動，立在原地等著，圍巾成了灰燼，我的周圍完全陷入了黑暗，只有那火光飄忽著，一點點地近了。是小米，舉著火把來找我。她明顯胖了，身上穿著黑色的棉襖棉褲，胸脯很厚，好像一隻大黑棗，眼睛卻還是水汪汪的，沒有一點結凍的跡象。「跟我走吧，一路上辛苦吧。」她說。我說：「沒什麼，就是餓了，想吃東西。」她說：「知道，已經準備了，燉肉，行嗎？」我說：「太行了，肉還不行？」這時我注意到她的另一手裡，拿著一支雙筒獵槍，我說：「你怎麼帶著槍？」她說：「沒有槍，你怎麼吃肉？都是我打的。」我跟在她後面，一路走著，因為知道遲早會走到，所以力氣也回來了，腳也有了知覺。

進到屋裡，她讓我先上炕，然後從灶台上，盛出一碗肉，說，「吃吧，袍子肉，吃完說話。」我說，「我吃我的，你說你的，我時間很緊，客戶還在等著，辦完該辦的事趕緊回去。你知道我現在幹什麼嗎？」她沒有回答，把筷子遞到我手上。我發現這個矮房的牆很厚，炕熱得發燙，褲子好像都要烤焦了。身上剛暖和過來，就開始猛烈地冒汗，只好脱得只剩一件襯衫，繼續吃肉。襯衫是公司統一做的，上面有我的上司擬的標語，前胸是：燃燒自己，留下純金的舍利。後背四個字：不要紙幣。炕只有一個，人，有兩個，晚上怎麼睡呢？我突然想到。藉著方桌上的油燈，我偷偷地仔細看了看小米，比過去胖了一圈，頭髮也比過去黑了不少，過去她的頭髮是天然的亞麻色，隨著弧度的變化深淺不一，我曾經給她梳過，拿在手裡好像正在鎔化的金屬，而現在，完全黑了，盤在腦後，民國畫像中的人物一般。我隨後發現，屋裡的牆上掛著長短不一，各式各樣的獵槍，地上堆著一個麻袋，敞著口，半麻袋子彈，也是有大有小，不過都是金光燦燦。她開始說話了，好像一個給孩子講故事的母親。「五年之前，我和老蕭搬到這裡，這裡是他的老家。搬來不久，我們就發現這個地方正在下沉，其他住戶陸續地都搬走了。但是老蕭不走，他覺得，這個地方突然下沉了，一定有它的原因。後來他終於發現，是有人動了那個蘋果。」我從燉肉上抬起頭，說：「什麼蘋果？」她說：「這裡原來有過一個小教堂，幾百年前一個英國傳教士建的，村人不叫它教堂，叫它外國廟，每幹六天活，就休息一天，去外國廟聽福音。這個傳教士手巧，在外面背回一塊山石，自己動手雕了一條大魚，因為這裡不知道為什麼，冬天的時候能捕到一人高的大魚，他心裡喜歡，就雕了一條大魚，雕著雕著，從石塊裡掉出一塊玉石，有拳頭那麼大，他拿起來看了看，把這塊玉石雕成了一隻蘋果，放在大魚的嘴裡。這座石雕村裡人都很喜說著，一邊有條不紊地還擊，每一槍出去，都有喊聲應著。不一會外面安靜下來，有人用大喇叭喊到：兄弟媳婦，我給你算著，你已經傷了我們十六個，待我們逮到你，一刀一刀給你找回來。小米不回答，向窗外又放了一槍。大喇叭接著喊道：兄弟媳婦，你嫁到我們這裡，哥哥對你咋樣？若不是怕你餓死，誰教你打槍？哪個爺們多看你一眼，哥哥就踢碎他卵子。把我兄弟的屍身給我，過去的事一筆勾銷，馬上接你去吃餃子。傷了幾個人算什麼？誰叫他們不會躲？我說：「是土匪？」「不是，是村長。」「是噴火那個？」「是他。」「他搞老蕭的屍體幹什麼？」「要拿去燒了。」外面車的引擎發動了，不出意外是由那個司機駕駛的，怪不得他的車子破成那樣，原來白天是長途汽車，晚上就是掩體。大喇叭又喊：兄弟媳婦，聽說一個小子進了你的屋，我兄弟才死不久，你把腿給我夾緊了，莫把人丟到外面。我們吃了餃子再來，看你挺到啥時候。

村長走後，小米把地上掃了掃，桌子翻過來，又給我盛了一碗肉，說：「子彈快打完了，你吃完趕緊給老蕭下葬。」我說，「好，辦完事我就回去，要不一定得被開除。」她說：「我接著講。」我夾起一塊肥肉說：「你講你的。」

「幾年前，村長要把祠堂翻修，怕把魚給碰了，就想把魚搬到外面，一不小心蘋果從魚嘴裡掉了出來。村長把蘋果撿起來，還沒來得及放回去，祠堂周圍就起了霧，大霧迅速籠罩了整個村子，對面看不見人，大家都立在原地不動，怕走進河裡頭。等霧退了，有人發現，河邊晾著的漁網裡，全都是長著六隻鰭的大魚，扔進鍋裡燉了，味道極鮮，吃完之後身上熱氣滾滾，吃得多的人張嘴就能噴出火來。村長覺得此事一定跟蘋果魚有關，就開了全村大會，在全村人面前做了實驗，只要蘋果放在魚嘴裡，就平靜無事，和過去幾百年沒什麼兩樣，魚還在冰面底下，需鑿個窟窿，下進漁網才能逮到；蘋果從魚嘴裡拿出，村周圍就每天一次大霧，無論掛多少張網，霧退了一定都是滿的。於是全村表決，全票通過，把蘋果拿出來，放在村長家裡保管，之後每天下霧就在霧裡張網捕魚，魚裡面有特別大的，一人多高，會飛，就拿槍打死。結果一年過去，有的人家在睡夢中突然掉進水裡，全都淹死了，整個鎮子正在被冰水侵蝕，看樣子遲早都會陷進水裡。於是大家幾乎全都遷出了，但是每天還會按時回來，到冰面上的霧裡捕魚。」

我說：「你說了半天，我都飽了，還是不知道老蕭是怎麼死的。」她說：「老蕭回來之後，覺得事情不對頭，晚上就去村長家裡把蘋果偷了出來，想放回魚嘴裡，可是他發現，不知道啥時候，那條石魚已經沒有了，只剩下一個座子。」我說：「然後呢？」她說：「然後他就在這個屋子裡，跟我交代了一些事情，主要是關於你，還有他的詩稿，無論如何要讓你來，把他和他的詩稿埋了，然後他吻了吻我，說，現在只有一個辦法能盡到他的責任，不讓我們沉沒，然後他把蘋果吃了下去。」我說：「再然後呢？」她說：「吃下蘋果後他就沒醒。每天還會下霧，霧裡還是有魚，但是比過去小了，也少了。村長想把他的屍體搶走，燒了，把那個蘋果煉出來。」我說：「完全明白了，他的屍體和詩稿在哪裡？」

小米從房子角落裡拖出一個大行李箱。我認識它，那是一年生日我送給她的，當時我光著身子鑽進裡面，由老蕭拖到她的寢室，給了她一個surprise。她把行李箱打開，裡面躺著老蕭，啥也沒穿，雙手放在胸前拿著一摞稿紙。我蹲下仔細看了看，活的一樣，臉上沒有皺紋，肌肉也沒有僵硬，唯一特別的是，鬍子完全白了，像是聖誕老人。我說：「冷不？」他不回答，我趴在胸前聽了聽，確實沒有心跳了，皮膚是涼的。我拿下他手裡的稿紙，翻了翻，工工整整寫了大約三十首詩。從字體看，好像是從兒時開始到最後的，開始的幾首筆畫歪歪扭扭，個別字還用拼音代替，寫文具盒，寫村頭的樹，後面的字就越來越純熟，翻到最後一頁，只有一個題目：〈長眠〉，沒有詩句。我說：「這個沒寫完？」她說：「這頁是送給你的，是他唯一的遺產，其他的都埋掉。」「你也是他的遺產啊。」說完我把那頁紙揣進懷裡，剩下的稿紙放回他手中，再一次把他看了看，除了死了，還是那個老蕭，一點都沒變，然後把行李箱扣上，拉鍊拉好。「埋吧。」

小米遞給我一把鐵鍬，自己手裡也有一把，指著腳下的地面說：「這兒挖。」我說：「石灰的，能挖得動？」她說：「已經軟了，挖吧。」我把鍬往地上一蹬，果然插了進去，挖出一攤黏土。我們兩個便你一鍬我一鍬挖起來。挖到大約兩米見方，我把襯衫也脫了，光了膀子，汗水順著脊梁往下滴，我說：「差不多了，你把老蕭遞我。」她說：「不行，還得挖。」外面天色漸亮，不知不覺挖了一宿，小米把一根麻繩拴在我腰上，我下到坑裡，她用另一根麻繩把裝土的鐵桶提出去。又挖了一會，腳邊滲出水來，冰冷刺骨，抬頭看小米，腦袋像樹上的桃子那麼小了。她衝我喊到：「快挖，他們來了。」我再次聽見鞭炮似的響聲，幾個彈殼掉在我腦袋上，小米一手向外拉著桶，一手拿著槍還擊。我揮舞著鍬努力向下挖去，冰水已經沒到了我的膝蓋。這時聽見小米喊到：「可以啦，閃開。」我向旁閃身，行李箱落在下來，豎著掉進冰水裡。我把箱子放平，它馬上沉了下去，好像千斤重，沉到了我的腳邊。「抓住繩子，拉你上來。」上到地面之後，發現小米已經中了兩槍，一槍在大腿上，一槍在肩膀。她偎在牆上，搖了搖手中的槍說；「嗯，沒子彈了。」我穿上衣服，感到寒風刺骨，說：「了解。我們投降嗎？」子彈還在飛著，外面沒有喇叭聲，我從窗戶向外看，長途汽車在冰面上緩緩開著，一群穿著棉襖皮靴的人，躲在車後面探頭探腦，朝屋裡放著槍。「你會游泳嗎？」小米說。我說：「你忘了，有一次你在游泳池裡抽筋，我去救你，你差點把我勒死，還是游出來了。那天沒有老蕭。」她說：「想起來了。一會找機會你就游出去。」我說：「都凍了，往哪游？你怎麼辦？」她說：「我沒事，我陪著老蕭，他會照顧我，你不用擔心。記得那時候我說過嗎？我得跟他走。」我看見血從她身上兩個窟窿淌出來，黑色的棉襖和棉褲變成了紫色，知道她產生了幻覺。我咬了咬牙，從窗子跳出去，向河面奔去，「投降啊！投降了！投降！」子彈從我身邊飛過，有一顆打穿了我的袖子。車子停了下來，村長和司機從車後面走出來，村長說：「服了？」我說：「服，趕緊救人。」司機說：「兄弟，別挑我，你坐過我的車，不是針對你，事是事兒，人是人，老蕭呢？」我說：「埋在屋裡，進屋就能看見。」村長拿出喇叭，朝車後喊到：都給我上車，我們開過去，辦完了事兒我請客吃火鍋。車後走出無數的人，男女老少都有，手中都拿著槍，只有村長的兒子手裡拿著板磚。

他們呼呼啦啦走上車，你擠我我擠你，這破車還真能裝，那麼多的人全都擠了進去。我扒住車門剛想上去，村長用喇叭敲了敲我的手說：「沒地方了，該幹嘛幹嘛去，這兒是你待的地兒嗎？」說完指了指河對岸的廣袤黑暗，車門關上，搖搖晃晃向前去了。

我站在冰面上，看見老蕭和小米的房子，煙囪上又冒出了炊煙。怎麼回事？難道她在這個節骨眼上又餓了？這時冰面開始搖晃起來，我一屁股摔倒，前方的冰面裂開了，發出巨大的聲響，好像無數野獸在平原上奔騰。長途汽車掉了下去，我看見村長在水和冰塊中揮舞著手，嘴裡噴出火來，發不出聲音，然後沉了下去，火熄滅了，整個汽車都沉了。緊接著四面八方的冰全都碎了，水從冰下湧出來，把我吞了進去。我奮力踩著水，讓自己腦袋保持在水面上方，這時我看見整個村莊沉沒了，目力所及全都變成了一片汪洋。我心想，完了，小米也沒了，遺產我繼承不上了，只拿回一張破紙。然後一個大浪打來，我嗆了兩口水，等我翻了幾個個兒，再次探出腦袋，卻看到了奇妙的景象。小米的房子還在，還冒著炊煙，只是並不再是待在土上，而且漂浮在水裡，順流向遠處漂去。我喊著她的名字，小米，小米，小米，你這是去哪？窗子裡沒有人影，她沒有回答我。我繼續喊到：老蕭，老蕭，你大爺的，你要把小米帶到哪去？還是沒有人回答我，只有雷鳴般的水聲。只見那棟房子越來越小，終於看不見了。

我再一次沉到水下，看到了村莊的土地，祠堂，水井，磨盤，漁網，都在水裡。司機從一個方向游了過來，他長出六隻魚鰭和兩隻爪子，正愉快的游著，完全沒有注意到我。我知道無論如何，這次小米是徹底不見了，我以後再也接不到她的電話或者和她一起挨槍子兒了，便在水裡哭了一陣，然後擦了擦眼淚，向著火車站的方向游去。

坐上火車，我借了鄰座的手機給上司打了一個電話，說自己的腎結石治好了，水流通暢，再也不用擔心堵住，明天就可以上班。他很高興，說沒想到你還真回來了，本來想辭退你，又嫌麻煩。我表了表忠心，把電話掛掉。手提包落在小米的房子裡，裡面裝著一些本想在火車上處理的文件，現在無事可做，就伸手把老蕭留給我的稿紙掏了出來。

長眠，這個傢伙是什麼意思，我琢磨著，長眠？

〈長眠〉

沒有人能躲開子彈，
除非你已經死了。
沒有人能不被溺死，
除非你有腮。
沒人能不憎惡愛情，
除非她也愛著你。

讓我們就此長眠，
並非異己，
只是逆流。
讓我們就此長眠，
成為燭芯，
成為地基。
讓我們就此長眠，
醒著，
長眠。

跛人

從現在算起，十七年前的時候，我的年齡是現在的一半，十七歲。在那個時期，除了大多數人都有的問題，還有兩件事情困擾著我的精神：一是，我的母親是一位德高望重（雖然那時候她並不老），極容易焦慮的英語教師，二是，我的女朋友，劉一朵，是一位非常可愛，但又患有某種青春期瘋癲的美麗女孩兒。關於後者，我舉一個例子。在高三中間的那個寒假，一天凌晨，我正點著電褥子在被窩裡呼呼大睡，身上沾著細汗，當時我做了一個奇怪的夢，自己正在一條狹長的跑道上奔跑，超越了身邊一個又一個對手，可就在眼看要達到終點的時候，我跌了一跤，這一跤把我跌得實在夠嗆，我的雙腿忽然不聽使喚，怎麼也站不起來。眼看著那些原本的手下敗將，一個一個的從我身邊跑過，我心急如焚，可是兩條腿就是怎麼也動不了，用手去搬也一動不動，好像兩座大山坐落在跑道上。於是我開始用雙手向終點爬去，這時整個體育場響起了大人們震耳欲聾的嘲笑聲，我破口大罵，可是我的聲音瞬間就被更大的嘲笑聲淹沒了，好像一滴吐沫落入了海水裡。當我醒來的時候，我發現劉一朵光著身子睡在我的身旁，我大叫一聲，她捂住我的嘴說：你這是罵誰呢啊？我說，你怎麼進來的？她指了指窗子，說：你家的窗戶沒有凍牢。我才明白，她是在隆冬的夜晚，爬上二樓，從外面打開窗子，爬到了我的床上。而我的父母就睡在隔壁的房間裡。我想擰身把她壓在身下，這時我發現，我的雙腿被綁住了，這個劉一朵用胸罩綁住了我的雙腿。那個夜晚，她再次捂住我的嘴騎到我的身上，好像提著韁繩在草原上奔馳。最後她解開我的雙腿，穿上胸罩從窗戶溜走了。

之後我怎麼也睡不著，我實在想不起來，最後我到底是不是爬過了終點。

而我的母親，所作所為要比劉一朵文雅得多。她那時四十五歲，看上去還要年輕一點，她擅長打扮，衣櫃裡有無數條各種顏色的絲巾。她教過的學生全都對她無法忘懷，他們給她起了一個外號叫做上校。原先可能前面還有一個德國軍官的名字，一些年過去，只剩下上校兩個字。她這麼多年來成功的祕訣是，永遠不要把學生當做自己的臣民，而是當做自己的敵人。這讓她時刻警覺而且重視每一個學生。我曾經翻到過她的一個小本子，上面羅列了她歷年來在學生中安插的線人的代號。她還在代號底下對他們的工作進行品評。而不幸地是(當然這也是她自己的意願)，我是她班級上的一個學生，這讓她在面對我的時候陷入了兩難的境地。就在高考之前，一天早飯的時候，我正喝著她精心熬製的補腦湯，她突然問我，兒子，你想沒想過，如果你落榜了怎麼辦？我說，那我就去肯德基當服務員。父親看了我一眼，沒有說話，他的眼神裡分明在問：為什麼不是麥當勞？母親點了點頭說：不錯，有計畫就好。如果你落榜了，你知道我會怎麼辦？我說：我不知道，你別太難過就行。她說：我會去死。然後她站起來，像往常一樣，繫上一條藍色絲巾，收拾好碗筷，慢悠悠地夾著教案走出了家門。

在考過最後一科的那個下午，我和劉一朵坐在考場裡面的操場上。我們看見其餘的人從我們眼前向大門口走去，他們有的兩三個聚在一起，熱烈的討論著，好像此刻的討論能夠更改已經發生的事實，有的人用手背抹著眼淚，獨自慢慢地走著，有人把書本拋向空中，大叫著向門外狂奔而去。操場上遙遙相望的兩個球門，沒有網子，好像永遠不會相遇的兩張嘴巴。我們知道門外就是我們的家人，此時他們絕對不會離去。劉一朵跟我說，哎，問你個問題。我說，問。她說，你到底是喜歡我多一點，還是喜歡別人多一點？我說，別人是誰？她說，別人就是別人，別的人。我說：那喜歡你多一點。我們分頭走吧，橫豎都要出去，大不了再來一年。她說，還有個問題，你知不知道世界上最大的中心廣場在哪裡？我說，這時候不要再給我問答題，我做卷子已經夠夠的了。她從書包裡拿出了一千塊錢，和兩張車票，說：我們跑了吧。這時候天光正亮，操場上空無一人，盛夏的暖光落在劉一朵的臉上，我看見幾顆被擠破但尚未痊癒的青春痘，看見她充滿著欲念的薄嘴唇，看見她鎮靜而又溫情的大眼睛。日光傾城。胸中有一種熱氣蕩開來，在脊柱裡緩速地流動。有一次，幾個外校的孩子來我們學校尋我，他們想要結結實實地揍我一頓，這事兒的起因好像是其中一個孩子從我們學校轉學過去，他和我的母親有點恩怨。我在教室裡等了很久，然後準備從學校的後門逃走，可是劉一朵已經去前門揮舞著帶釘子的板凳條把他們擊潰了，不知道為什麼，這時候我想起了這件事。我說，你穿著裙子能爬牆嗎？她用實際行動證明了我的擔心是無謂的，她脫掉裙子叼在嘴裡，穿著內褲翻過學校的圍牆，我緊隨其後，從牆頭躍下的一瞬間，我感到從未有過的歡愉，似乎在空中飄浮了很久，像跳水運動員一樣折疊翻滾了幾周，才終於落在地上。

火車站到處都是人。許多人背著大包，包的體積基本上和人相當，有的人除了背著大包，手裡還抱著孩子，孩子在這種嘈雜的環境裡肆無忌憚地大哭，像指南針一樣揮舞著小手。我和劉一朵，背著書包，拉著手擠在人群裡，我忽然對自己的輕裝簡從感到有些慚愧。一個老人，足有八十歲了，臉上的塵土和皺紋好像傷疤一樣結了痂，光禿禿的頭上長了一隻紅色的瘤子。他弓著背走到我們身邊，晃動著手裡的鋁製飯盒，裡面有幾枚小小的硬幣，無情地相互撞擊。佛祖保佑你，菩薩保佑你，他對我們說。我扭過頭，看向別處，劉一朵從書包裡拿出一百塊錢，放在他的飯盒裡，我說，你幹什麼？燒的？她說，讓佛祖保佑我們吧，能順利看見那個廣場。我說，然後呢？還回來嗎？她說，你想回來嗎？我說，我不知道。她說，你是那種人不？能賺錢養家那種人。我說，我不知道。她說，你養我吧，好不好？我伸出頭，輕輕地吻了吻她的嘴唇。

終於擠上了那列綠皮火車，我們裹挾在人流裡，向著自己的座位移動，根本就不用費力，因為前胸後背都貼在別人身上，只需要適時地移動雙腳就可以。等我們終於擠到了座位，火車已經駛出了站台，把一棟棟樓宇甩在身後，窗戶外面的景物也開始逐漸稀疏，露出大片的曠野和零星的小屋，我看見有些小屋的屋簷底下，掛著成串的辣椒和玉米，有人站在遲緩流動的小河邊上，從河裡向外拽著漁網。落日在向遠山的外緣靠攏，餘輝散在所有的景物上面，使人發睏。劉一朵倚在我的肩膀上，瞪著眼睛沉默不語。車廂裡悶熱異常，沒有座位的人東倒西歪，包圍了我們，有人試圖鑽進我們的座位底下睡覺，被我拒絕了，劉一朵穿著裙子呢。

「熱吧？啊？」對面有一個人問我。

「熱啊，上不來氣。」我說，車廂裡有股混雜的臭味，可是我沒好意思直說。他坐在我的正對面，四十歲左右，皮膚晒得黝黑，穿著一件黑色T恤，兩隻手叉在一起，放在我們面前的茶几上。手指又粗又長，關節好像核桃一樣。一雙渾黃的眼睛一眨不眨地看著我。

「來，把窗子開開。」

我們倆一人扶住一面的把手，向上一提，把車窗拉開了一道大縫。風「呼」地吹進來，車廂裡的氣味也向外逸散了。我發現這人力大無比，我還沒有用力，手剛剛放在把手上，窗子已經向上開啟了。劉一朵一隻手按在我的褲襠上，把鼻子送到窗戶旁邊，努力吸氣，風吹動著她的短髮，使她看起來如同奔跑一樣，我擔心她一不小心摔出去，把她拽回座位。

「你們到哪裡？」中年人問。

「北京。你呢？」劉一朵坐回來說。

「我回家。你們以前去過北京嗎，北京？」

「沒有。」

「我也沒有。我一直想去看看天安門廣場。」

「然後呢？」劉一朵問。

「我去過好多個城市，有二十幾個吧，就是沒去過北京，北京。有意思不？」他從掛鉤上的兜子裡翻出兩個蘋果，遞給我們。

「不吃，謝謝你。」劉一朵看著他的手，說。

他把兩個蘋果小心翼翼地放在茶几上，說：

「你們倆多大了？啊？」

「十七。」我說。

「好時候。十七。好時候。」這時我發現，他雖然力氣很大，可是那兩隻放在一起的手，一直在輕微地抖動。每次說到一句話的末尾時，都要扭動一下脖子。好像想用下巴給脖子根撓癢癢。

「小兄弟，十七，好時候。」他又重複了一遍，然後突然掃視了一下我們倆說，「能喝一點嗎，一點嗎？我請。」

劉一朵偏過頭，看著我。我和她喝過酒，那是個冬天，我們剛剛戀愛，她的父母也剛剛分開。喝過酒之後，跑去城市中央的廣場放風箏。我拽著風箏奮力奔跑，她在我的身邊拍手笑著，後來寒風把風箏吹到了廣場中間那尊領袖人像的腦袋上，風箏線纏上了他的脖子，我和劉一朵比賽誰能先把風箏取下，有幾次我差點從人像的大衣上滑下去，那是一個五米高的人像，也許滑下來會摔死吧，可是當時好像已經忘記了這些，劉一朵搶先站在了他的肩膀上，向天空揮舞著風箏。我也許永遠不會忘記她當時的樣子。

要麼不喝，要喝大家一起喝，今天正應該喝一點，一點。這是劉一朵眼神裡的意思。

「能喝一點。我們倆都能少喝一點，我們請吧。」我想要招呼賣貨的列車員。

「不用不用，」他把兩手一拍，「我年紀大，酒和菜我都帶了，這就好了，我們有七個小時，小時。」他再次把頭扭了扭，用手指了指上面的行李架，

「勞駕把那個黑箱子幫我拿下來，東西都在裡面。」

我站起來幫他把箱子取下，箱子不賴，還有密碼鎖。他背對我們調教好密碼，把行李箱打開。裡面滿滿一箱子罐裝啤酒，一件衣服都沒有。

「我的東西，數這箱子最貴。有意思不？」

我開始懷疑這人有些問題，也許是傻子，也許是和傻子相近的某種狀態，可是劉一朵好像沒有意識到這些，她把那人遞給她的酒打開，迅速地喝了一大口。

「你是做什麼的？」她問。

「我啊，」他再次把蘋果遞給我們，「下酒菜。我啊，我幹過好多事情，好多事情，賣過東西，修過自行車，還在火葬場給人挖過坑，骨灰盒知道嗎？」說著，他用手比劃一下骨灰盒的大小，「把骨灰盒放進去，上面蓋上石板，有時候坑裡滲水，我就得把水舀出來，有意思不？像是

船要沉了那樣，趕快把水舀出來。」

說完，他打開一罐啤酒，把拉環順著窗戶扔出去，幾口把酒喝乾，然後又拉開一罐，把拉環扔出去，端著酒看著我們。

「剛才那杯是解渴，這杯是歡迎你們來到北京，北京。」說著他在我們的酒罐上撞了一下，又一下把酒喝乾了。

劉一朵也喝光了酒，她的臉頰開始泛起紅潤，眼睛變得水汪汪。她再次把手放在我的褲襠上，然後在我耳邊說：

「我喜歡這哥們，一會跟我去洗手間。再喝一會的。」

我喜歡洗手間，想一想就讓人喜歡啊，飛馳的火車上的洗手間。

「你現在幹什麼啊？」劉一朵問。

「我很小就出來了，比你們還得小兩歲，什麼也沒有，現在我有錢了。」他衝上指了指他的箱子，「我有錢，這衣服是髒了，可買的時候很貴，不信你摸摸，料子好。我現在替人打架。」

「替人打架？」我說。

「是，替人打架。」他抓住衣襟向上掀起，前胸有一道修長的刀疤，好像平原上一道紫紅的山脈。「我用棍子，鐵棍，這麼長，一下把人敲倒，有意思不？我有勁兒，不信你跟我掰腕子，小兄弟，咱倆掰腕子，我讓你兩隻手，啊，窗戶得關上，要不然把你扔出去。我掰腕子沒輸過，有一次贏了兩百塊錢，你信不，我掰腕子也能掙錢。」

他咬了一口蘋果，又把酒喝光了。

「我和我爸打了一架，因為什麼，我現在想不起來了。小兄弟，我告訴你，你應該少喝點酒，慢點喝，對，一口一口喝，對，就這樣，用嘴喝，別用喉嚨喝。我把他打趴下了，我媽把我攔腰抱住，我給她來了個大別子。坐長途汽車，跑到了一個地界，什麼地界，反正很冷，我就在那給人修車。我先把夾克賣了，賣了二十塊錢，賣給了一個收破爛的老頭，然後我買了個氣管子，在路邊給人打氣。用我的氣管子，自己打氣兩毛錢，我給他們打氣五毛錢。兩隻手都是凍瘡，可是我給自己掙了口飯吃。如果一直那樣也挺好。可是世上很多事情和你想的不一樣，這是我總結出來的，無論你怎麼想，世上的事情就是和你想的不一樣。」

他低下頭，看著自己的兩隻手，他把兩手攤開，兩隻手已經不再顫抖。然後他抬起頭看著我們。

「這是誰的主意？」他說。

「什麼誰的主意？」我說。

「你們倆個跑出來玩，是誰的主意？」

「我的主意。」劉一朵說。她已經喝多了，不是在說話，好像是突然嚷了一聲。

「書包裡是什麼東西？」他一直在喝酒，我發現自從他喝上酒之後，脖子也不勾了。

「沒什麼東西。都是書。」

「打開我看看。」

「你什麼意思?」

他拿起半隻蘋果扔出車窗,火車正和另一列車交會,蘋果摔在那列火車的車窗上,發出「膨」的一聲悶響。

「打開我看看。」

「給他看看。咱們書包裡有什麼啊。」劉一朵又嚷起來。

我轉頭看了一眼身邊的人,他們有的向這邊望了一眼,不過好像沒有看見什麼,夜已經來臨,車廂裡的燈還沒有亮起來。坐在那人旁邊的中年女人,用頭巾裹住了自己的臉,一隻手抓著自己的皮包,在睡覺。大家都在昏昏欲睡。

他接過我們的書包,移開啤酒罐,把東西倒在茶几上。我的書包只有幾本教材,准考證和考試必需的文具,劉一朵的書包東西可就多了。錢,床單,被罩,化妝品,安全套,還有一把折疊刀。

他拿起錢數了數。

「九百塊錢,幹什麼用的?」

「去那邊生活啊。」劉一朵笑著說。

「生活,生活,啊?」他把錢放回茶几上,拿起那把折疊刀,打開,用手試了試刃。

「這是幹嘛的？給蘋果削皮？啊？」

「誰敢欺負我，我就捅他。」劉一朵說著，右手做了一個前刺的動作。

他把折疊刀放在我手上說，「來，捅我試試。」

「我不捅。」我說。

「捅我試試，啊？」

「不捅！」我感覺自己好像有點生氣了。

他一把把刀奪過去，掰折了，扔在茶几上。

「賠我刀，你大爺的！」劉一朵站起來，伸手向他的頭髮抓去，他拿住劉一朵的手腕一擰，劉一朵嚎叫了一聲，坐在我的身上。她揮拳向我打來，劈頭蓋臉地攻擊我的腦袋。

「給我打他，打他！」

我任她痛打，沒有出聲。到底是怎麼搞的？什麼時候一切就全不對勁了？窗外的夜色已經沉下來，月亮高懸，默然無聲，只有夜風吹進來，不是熟悉的氣味，我發覺這是全然陌生的地方。

劉一朵不鬧了，抱著我的胳膊嗚嗚地哭了起來。他又拿著那疊錢看了一會，好像是他突然撿到的，在想著應該拿這錢怎麼辦。終於，他把我們的東西全都放回書包，錢，安全套，一樣一樣放回去。他把兩個書包遞給我說，

「我爸死了，有意思不？」

「哦。」

「我爸死在家裡的炕上，死之前一聲不吭，他能說話，但是一聲不吭，有意思不？」他看著外面，又喝起了酒，這次喝得很慢，一口一口從喉嚨裡嚥下去。

「下一站我就下車了。到家了。」他輕聲說著。我好像透過衣服，看見他的刀疤在閃閃發光。車廂安靜下來，劉一朵不哭了，她睡在我的懷裡，嘴角流出的東西弄濕了我的校服。我和他誰也不說話，就這麼面對面坐著。在之後的幾個鐘頭裡，他無聲地喝光了所有啤酒，把空酒罐一個一個扔出窗外。沒有發出任何聲響。

在一個陌生的站台，我從來沒有聽說的一個地方。他取下了掛鉤上的兜子，對我說，「小兄弟，勞駕，幫我把那個東西拿下來。」

我站起來用手去摸行李架的深處。那是一根木頭拐杖。他接過拐杖支在腋下，從黑暗裡立起來。一個只有一條腿的人從黑暗裡立起來。他把兜子斜跨在肩上，一手拉著輕飄飄的行李箱，看也沒看我們一眼，擠在人群裡一晃一晃地走開了。

劉一朵醒來的時候已是午夜，我還沒有睡著，她用手理理頭髮，晃了晃腦袋。

「人呢？」

「下車了。」

「我們的書包。」
「在這兒呢。」
「剛才我鬧了嗎，是不是打你了？」她看著我身上的髒東西說。
「沒有，你一直在睡覺。」
她貼過來舔了舔我的耳朵，說，
「我們再也不和陌生人喝酒啦。還有多遠了？」
「還有最後兩站吧。」
「跟我去洗手間嗎？」
我看了看她，她是認真的。
「去嗎，幫你把衣服弄弄。」
火車的洗手間狹窄堅固。在這個密閉的空間裡，她用手紙幫我把衣服擦乾淨，然後脫了我的褲子，蹲了下去。
「謝謝你跟我出來，我愛你，你知道不？」
過了一會，她脫掉自己的褲子轉過身去。
我看著那塊黑暗，彎下腰幫她把褲子提上，然後抱住她說，「我們回去吧。」
她推開我，

「害怕了你？」

「不是害怕。我們回去吧。」

「我要去天安門廣場放風箏。我要去天安門廣場看你給我放風箏。」

「那個地方不能放風箏。」

「我不管，那是他們的事兒。」

「那個地方不能放風箏啊。」

「最後問你一遍，你跟我去還是不去？」

「我真的得回去了，跟我一起回去吧，好不好？」

她伸手摸了摸我，好像在摸一件自己的東西，然後貼過來吻了吻我的臉頰，打開門出去了。

我撒了潑尿，洗了洗臉，在那塊髒兮兮的鏡子裡，我看見自己十七歲的面容，窄小，白皙，在那個時刻，那是無法更改的十七歲。

我回到座位，發現劉一朵和她的書包已經不見了。她的位置上坐了一個三十幾歲的女人，藉著頭上昏暗的小燈，在看一本書。她身體勻稱，穿著一件素色的連衣裙，頭髮在腦後梳成馬尾，看上去十分美麗。我走過去把窗戶關上，那窗戶真是沉得可以，我把整個身體壓在把手上，才終於咣噹一聲把它關上了。

「謝謝。」她說。

火車再次停靠的時候，我沒有看清到了哪裡。但是我下了車，在火車站睡了一夜，第二天一早，找到一部公共電話。我回到家裡的時候，感到前所未有的疲倦，爬到自己的床上很快就睡著了。等我醒來的時候，發現父親睡在我的身邊，鼾聲如雷，母親在廚房裡準備著早飯，她的動作很輕，好像拿著什麼易碎品。

半個月之後，母親讓我去復讀，她已經完全恢復過來，找回了過往和我交談的方式。「出息點，好嗎？你想讓我活不？」她坐在我面前，妝容典雅，即使在家裡她也穿戴得相當整齊。

之後我再也沒有見過劉一朵。沒有人找到她。現在的我，大部分時間在北京生活，偶爾回家。我從沒有遇見過她，即使在天安門廣場，在全國各地來此朝聖的人流裡，我也從沒有遇見過她。

我也沒見過有人在那裡放風箏。不過據我觀察，在夜深人靜的時候，那裡確實是一個放風箏的好地方。

冷槍

高中時代，我便與老背認識。老背真名叫什麼，我曾經知道，現在忘記了。很奇怪，一點也想不起來了。

老背是個綽號，「背」唸去聲，概括性很強。一個夏日傍晚，我正與幾個朋友在操場踢球，當時我穿著牛仔褲，尖皮鞋，手裡夾著菸捲。這套行頭完全不應當去踢足球，可是那時正是為所欲為的年紀，我曾經召集了幾次學校歷史上著名的鬥毆，雖然沒有造成什麼嚴重的後果，但是因為聲勢很大，在口口相傳中更是規模空前，所以我在附近的幾所學校裡頗有名氣，他們叫我「棍兒」，意思是不但堅硬，而且能立住。認識「棍兒」嗎？附近的少年通常以此作為身分認證的開場白。我不打算自誇，現在的我與那時的我好像雨前和雨後的雲彩一樣不同，況且即使在當時，我也遠沒有他們傳說中那樣強硬，也沒有以此為榮，他們對我的印象可以說是基於對我的不甚了解。可那時確實頭腦簡單，以為可以通過武力維護一種東西，那東西和我的城市一樣古老，雖然飄渺，我卻十分篤信，於是下意識地，想去捍衛。

這裡面可能還有一點遺傳上的原因。父親在文革的時候，率人襲擊了駐軍的倉庫，把一門迫擊炮推上了街，轟倒了一段舊城牆。後來做了菸草生意，建了幾處工廠，生產專門儲藏菸草的特殊麻衣。胖了，人也和氣，很多單子是在酒桌上談成的，見人沒說話，先自己笑一會，也早就不提當年為了一句語錄就拿槍動炮的事情了。

在此簡略介紹一下自己，是為了講述另一個故事。

那天我把球擺在點球點，退出十步開外，扔掉菸捲開始助跑，球門沒有網子，後面站了一群女生，正嘰嘰喳喳地說著話，其中一個發現我狂奔起來，氣勢非凡，馬上叫了一聲拉著同伴們四下躲避。我的腳背正吃在球的中下部，球像出膛炮彈一樣飛起，可並沒有飛向球門的方向，而是向著角旗飛去，正中一個人的面門，那人戴著眼鏡正匆匆走過，哼也沒哼一聲便仰面栽倒，眼鏡隨後落在他的身邊，鏡片碎了一地。幫我守門的二狗跑過去，用手拍那人的臉頰：哎，球呢？我見那人眼皮裡滲出血來，是碎鏡片被球撞入其中，蹲在他身邊用手搖他的胳膊，他也不醒。我沒見過這人，瘦得出奇，若是瘦得正好，可稱為一個白面書生，可是因為瘦得離譜，倒像是吸血鬼了。這時那群女生圍過來，其中一個認識我，她說：棍兒，不會是讓你一腳踢死了吧。我說：閉上你的嘴。

他的手裡提著書包，倒在地上手還抓著，我打開來想看看他是哪個班的，結果書包裡只有一隻鼠標，和一個鼠標墊。二狗說：什麼情況？修電腦的？這時他突然坐了起來，衝我說：哥們，準啊，讓你爆頭了。說完站起來，拎著書包要走。我拉住他說：你眼睛淌血呢，別弄瞎了。他說：瞎不了，瞎不了，皮外傷，看你看得真真的，相貌不錯，哥們，我叫老背。說著他捉住我的手晃了晃，然後低頭盯著我的手說：你這手夠用，長短正好，打遊戲嗎？我說：什麼？他說：你玩射擊遊戲嗎？打槍的？我們少一個人。我把手拿回來說：不玩，去醫院弄弄吧。他說，不去了，時間緊迫，馬上就開始了。有興趣的話，去星辰網吧找我，我們少一個人。說完朝書包裡看看，確定東西都在，扣上書包走了。

天黑之後，我和二狗去別的學校找人打架，等了很久，月亮升了起來，把我倆的人影映在校牆上，比真人大了兩圈。那人沒有出來，託人帶話說今天家裡來了貴客，要回去作陪，改天再打。我十分掃興，二狗認出那人的自行車，很豪華，變速機好像汽車引擎一樣精緻複雜，就拎起來摔在地上，在樹棵兒裡找到兩塊磚頭，把車給砸了，這事是因為女孩兒而起，和二狗有關，他砸得十分起勁，好像在對落到手裡的犯人用刑。我有點提不起興致，車成了爛鐵，那人始終沒有出現，應該是從後門跑了。完事之後二狗說要請我去打兩杆台球，玩了一會，又說要去接女朋友下晚自習，從我這兒拿了二十塊錢走了。我結了帳，自己在台球廳抽了兩支菸，看別人打球，快要十點的時候，我站起來，對一個正在瞄準的人說，朋友，知道星辰網吧怎麼走嗎？那人沒看我說，出門右拐，看見韓都燒烤再右拐，牌子很大，亮著呢，兩百台機器。我說，謝了。那人沒有回答。

網吧果然不小，黑洞洞的，一台台電腦卻如夜空裡閃爍的星辰。電腦前面幾乎都坐著人，如同忠誠的衛星。到處都是煙，走過一個人身邊的時候，他突然喊了一聲：你瞎啊，也不看著點，都上來了。我以為是在罵我，停下腳步去看，那人卻瞪眼看著屏幕，上面有幾個端著槍的小人，正在朝一個屍體噴著骷髏顏料，看來他是剛剛死了。我一排一排尋過去，幾乎所有人都在玩這個遊戲，有人在曠野裡提著槍亂跑，有人蹲在土丘後面，時不時放一記冷槍，有人短兵相接，子彈打完，揮舞著匕首互砍。我找到了老背，他端著槍對著一面牆壁，跳迪斯科一樣左右搖晃。突然開了槍，牆壁後面跌出一個人的腿，坐在他身邊的幾個人一陣歡呼。我伸手拿掉他的耳機說，你怎麼知道他在那？我說。他回頭看見我，說，咦，你來了？快坐，老闆，再給開一台機器。我說，不用了，我不會玩這個東西，你眼睛咋樣？他臉上的血已經洗掉了，眼皮裡還能看見幾枚碎玻璃閃閃發光。沒事兒，長了肉，就把玻璃頂出來了，肉是會長的吧？我點點頭。他指了指耳機說，我聽見的，腳步聲，這個地圖在一個廢棄的工廠，地上都是鋼鐵邊角料，玩熟了，就能記住它們的位置。剛才他在北面露了個頭，到這堵牆只有這一條窄路，路上我們死了人。耳機裡又有他踢到鐵塊的聲音，那他肯定就蹲在牆後面了。說著另一局開始了。這次他成了匪徒，裝束卻有點奇怪，穿著黑色的風衣，一手拿著麵包，一手拿著匕首，躲在一座城市街頭的拐角，枯黃的樹葉在身邊飄落。一輛坦克車轟鳴著駛過，他衝上去刺死了一個坦克兵，搶到一把衝鋒槍。這圖叫布拉格，他說，ＡＫ４７，蘇聯造，連射一萬顆子彈也不會卡殼，小孩兒都能裝卸，牛逼不？迎面衝過來三個穿著防彈衣的軍人，頭上戴著的頭盔閃著幽藍的光。他身子左右搖晃，扣動扳機，子彈的著點像是用尺子量過，每一顆都落在軍人腦袋上，頭盔碎了，濺出鮮血，三具屍體仰面栽倒，腿還逼真地蹬了一蹬。在網吧的一個角落裡傳出一聲叫喊，操，準，好槍法！他湊過來小聲說，這叫爆頭，就像你下午踢我一樣。

這時我眼前的電腦已經亮了，他拽過我的鍵盤，幫我進入了遊戲。我們一直四個打五個，你幫我們背炸彈好不？我請，他說。我發現自己已經成了一個瘦弱的匪徒，穿著一條庸俗的綠褲子，戴著眼鏡，背著一個包裹。我說，我沒玩過，給你們拖後腿。他說，沒事兒，有我呢，我護著你。他的朋友中有人說，放心吧，有老背輸不了，他能一個打四個。黑暗裡坐著那三個隊友，一會就要跟我出生入死，可我看不清他們的模樣。戰鬥開始之前，老背教了我一套基本的操作方法，前後左右，扣動扳機，還有就是拿著刀跳躍。那一局裡，我在老背的指揮下，沒有摸槍，像個猴子一樣一直拿著匕首在一座吊橋上上躥下跳，埋好了炸彈。剩下的人則負責保護這枚炸彈不要被警察拆掉，其他的戰友逐個都死了，剩下老背自己扼守橋頭，我像個樁子一樣傻站著，他為了救我，中了幾槍，不過沒死，炸彈還是炸了，橋成了碎片，散落在海裡。後面的幾局，我不聽他指揮，自己在各種陌生的地方亂走。跟著我啊，露頭就會死了，他叫道。我當做沒聽見。開了幾槍，可是全然不著邊際，有的還打在隊友身上，竟然也冒出血漿，一個人在黑暗裡叫到：瞅著點啊，疼啊。我向那個方向看了看，沒有回應。敵人們好像發現了我是這個隊伍裡的弱點，專找我的麻煩，我不會躲避，槍也打不準，往往開始幾分鐘就被擊斃，後來一個人竟拿著刀子朝我衝過來，我開槍亂掃，全都打偏了，躲啊，躲啊，老背喊道，可是我不會，被那人幾刀捅死，然後還在我的屍體上跳了幾跳，噴了一個笑臉。我扔下鼠標，對老背說，對面的都在這網吧裡？他說，是啊，局域網。下一局開始時，我讓自己定在老家，然後離開座位開始尋找。終於在離我座位三排遠的地方，我看見一個人正拿著小刀，捅我的肚子。我把他從座位裡扯出來，按在地上，揍他的鼻子，鼻子噴出血，那人矇了，好像鼻子斷了是致命傷，躺在地上不動，我站起來朝他臉上踩了幾腳，嘴唇翻出來，牙縫裡也都是血。

有人從後面抱住我的腰，把我向後拉去，那人的朋友也都站起，腿還在座位裡，只是拿眼睛看我。我回過頭，是老背。是個玩啊，你怎麼來真的？他在我耳邊說。人群裡有人認出我，隔壁學校的小東，他是個貧嘴的窩囊廢，我幫他出過頭，他走過來擋在我面前說，棍兒啊，你怎麼也玩這個了？消消氣，一會讓他站住，給你槍斃五分鐘。我看見屏幕裡，自己已經死了，那人的刀上滴著血，弓著身子站在我的屍體邊若有所思。老闆來了，說要叫警察，小東絆住老闆瞎聊，使個眼色讓我先走。走到街上，已經不是晴天，下起了小雨，被雨淋在臉上，我有點後悔，這是鬧什麼呢？讓這幫躲在黑暗裡的人笑話。

「你是棍兒啊？」老背跟了出來，在我身後說。

「是，有點對不住了，給你攪散了。」我說。

「沒啥，是我拉著你玩，不怨你。」他的頭髮有點濕了，還挎著那個書包。

「你去哪？」他說。

「不知道，回家吧。」

「請你喝點酒行不，賞臉不？」

我們走到一家露天燒烤店，後半夜的時候，只有這樣的店還開著。店家在塑料桌子上面支了一頂碩大的遮陽傘。

我們沒要杯子，一個人舉著一瓶啤酒慢慢喝。

「什麼東西？」他說。在他喝掉一半的啤酒裡，浮著一隻七星瓢蟲，看樣子是死了，可是顏色還是很鮮豔，好像一座紅色的小島。我找來老闆，老闆沒說什麼，又拿來四瓶啤酒，說：喝吧，免費了。

「老是這樣，我運氣不好。」他打開啤酒，用一隻眼睛朝瓶嘴裡看。

「沒有人會一直運氣不好，都是一陣一陣的。」我說。

「我就一直運氣不好。你不知道，如果現在天上掉下一顆隕石，估計砸中的也是我。要不今天也不會給你踢中，球場旁邊那麼多人，誰能想到你那一腳會偏出那麼多。」

「那和你坐在一塊，不是很危險？」

「正相反啊，有我在，你就算是買了平安保險。」

「認識我？」我說。

「聽說過。風雲人物啊，聽說過我嗎？」
「沒有。」
「沒關係，隔行如隔山。剛才那個網吧，」他用大拇指朝後，指了指網吧的方向，「堆滿了我射殺的屍體，都是我的崇拜者，射擊遊戲，我沒輸過。」
「運氣好了？」
「就是玩這個遊戲，我沒問題，公平，誰厲害誰就活下來。」說著他拿過擺在我這邊的一瓶酒，用牙撬開，喝下一大口。
這人剛看我把一個人揍得夠嗆，完全沒受影響，好像和我認識了好久似的。沒什麼話說，可是一直喝到天亮，雨停了，路邊的楊樹葉滴著水，太陽出來一照，讓人很舒服。很久沒有這麼安靜地坐著了，一點睏意都沒有，好像馬上就能去爬山，去騎馬，有游泳，反正能幹的事兒挺多。
臨走之前，他突然問我，「交個朋友嗎？」
「好。有事兒可以找我。」
「不是這個，就是交個朋友。」
我說：
「好。」

高三畢業之後，父親把我送去了大學，糟蹋了他一筆好錢。在我收拾行李的時候，他走了進來，喝醉了，說，「兒子，外面不像家裡，你誰都不認識。打架這事兒手輕手重，一剎那的事兒，要是賠點錢，你爸倒能想辦法，要是你出了別的事兒，你爸也沒有辦法，你明白不？」「明白。」我說。「我不是不想管教你，教你做人，是我自己也沒弄明白，你明白不？」「明白。」我說。

高三那年，趕上城裡鬧起瘟疫，據說起因是有人吃貓，貓雖然敏捷，可是人要是想逮，還是能逮住的。學校圍牆外面站的都是老師，生怕哪個學生跳出去，染上瘟病，誰也吃不了兜著走。老背的路讓人斷了，過去他可是背著鼠標，跳出去一玩一宿，第二天照常上課的主兒，這回讓人斷了癮，委頓了一陣，只好讀書。誰也不成想，這傢伙突然成了學校裡最會考試的幾個人之一，次次混到大紅榜的前列，有一次還在主席台上作為後進變先進的典型，領了一套文具，那套文具他送給了我，說他留著沒用，給我做個紀念，說不定哪天我也能先進先進。可惜，高考那天，他拉了肚子，據他跟我說，拉得走路都得扶著東西，寫完考號和名字，就出了一身虛汗。清華北大徹底沒戲了，他考上和我同一所大學。

高三畢業的那個夏天，瘟疫過去，人又都能自由行動，貓也又敢上街了。我把他從網吧揪出來，陪我去游泳。他脫光了之後，露出兩排清晰的肋骨，好像站在X光底下。不會游，只知道憋一口氣，一頭栽進水裡，在裡面亂刨，刨到哪是哪，我說你這是溺水不是游泳，而且溺水也太淺了，一米沒到。他不聽我的，也不用我教，說就愛這麼游，舒服，雖然在水底的時光很短暫，但是自由，隨便兒。我在池子邊，看他沉潛，生怕按他一貫的運氣，哪一口氣沒順上來，或者在水底小腿抽了筋，就交代在這兒，如果你運氣足夠差的話，多淺的池子也會淹死人。只好下水扶著他游。這樣他倒游得不賴，只是還是不會換氣，只管悶頭揮舞胳膊，不停地催我往前去。

剛上大學，我就和大我兩屆的一夥人打了一架，對方的一個人讓我用拖布杆掃斷了腳踝，從此我又有了些名聲，學校保衛科的也注意了我，學校每次有了嚴重的鬥毆，他們都把我找去問問，有時候我說一些，有時候我沒什麼可說的，混到後來大家還成了朋友。大四的時候他們提醒我，要是想順利畢業，就得老實一年，要不前三年的罪全白遭了，再出事誰也幫不了我。我表示聽了進去，當時我交了女朋友，一個成績還不錯的女孩兒，和我正般配。她希望我能陪她把大學讀完，然後跟我回老家工作，我覺得這個提議不錯，人總要長大吧。我回家的時候看見父親的鬢角白了，這幾年他的生意不順利，上面的人換了，政策也變了，好多麻衣爛在工廠裡。後來他把廠房賣掉，給人幫手，掙些牽線搭橋的錢，出去喝酒的時候少了，在家喝酒的時候多了。每次我看見他，就好像感覺到有人在按我的腦袋。

大二的時候二狗給我來過一個電話，瞎聊，他在學校入了黨，經常跟輔導員老師們聚會，還睡了不少乾乾淨淨的女孩兒，講得很詳細，後來再沒聯繫，一個電話也沒有。

上大學之後老背遇到了一些問題。寢室的人都不喜歡他，他夜裡不睡覺，把走廊的安全通道指示牌撬開，接出電線，玩他的射擊遊戲，大白天別人去上課，他捂著大被睡覺，搞得好幾個同班同學到了大二的時候還不認識他。別人一個一個都交了女朋友，需要寢室活動，可是他一天到晚在寢室待著，吃飯也是叫外賣來送，室友只好花錢去外面找日租房。我曾經出面幫他交涉幾次，對方都表示不會為難他，給我些面子，可是事實上也僅此而已，有時候行為可以予以限制，看法卻無法改變。後來我和他也見面少了，一個是有時差，另一個我有許多事情得做，他也有他的事情，而且很不一樣，不一樣的時間長了就會變成不了解。偶爾見到，發現他更瘦了，眼睛也更大，好像要從眼眶裡掉出來。頭髮老長，襯衫讓汗漬浸黃了，應該是好久沒換過。他跟我說，他已經是這個國家裡槍法最準的人之一，他要參加學校的比賽，然後參加全國的比賽，然後出去殺外國人。我說好啊，多殺幾個，將來代表地球去殺外星人。

離畢業還有三個月的時候，我讓人給撂倒了。那天我穿著拖鞋，去食堂給女朋友打飯，就在我出門的時候，剛掀開塑料門簾，迎面被人給了一棍，手裡端著的豆腐腦和油潑麵全都扣在地上。我知道自己眉骨開了，而且對面是三個人，手裡都拎著東西，其中一個我認識。想要跑走，可是腳上穿著拖鞋，剛一抬腳，甩出去一隻，另一隻腳的大腳趾杵在地上，摔了一跤。臉跌在還是熱的豆腐腦裡，後腦緊接著又中了一下。等我醒過來的時候，已經躺在醫院裡，腦袋包著，腳上疼得受不了。兩隻踝骨，全都折了。

保衛科的人來過，說人已經找到，控制住了，要賠償可以，估計沒有很多，對方家裡都不是善類，不是光有錢，千萬不要想打回去，那樣就不可能畢業了。我看了看坐在床邊的女朋友，說：知道了，算了。

一隻腳的踝骨長得快些，兩個月之後能夠稍微著地，我就拄著拐回了寢室，室友都不在，全都撤出去找工作，女朋友陪我住了一個星期，看我漸漸習慣了瘸子的生活，能夠簡單自理，也就走了，去南方面試。她好像對我挨揍這件事有些不滿，確實，發生了這件事之後，找工作的進度比別人就落下了，幾年建立起來的一些東西也蕩然無存了。我自己一個人沒什麼事情，就把筆記本電腦搬到床上，下載了射擊遊戲，自從上次和老背玩了一次，再也沒玩過，地圖多了，槍枝也更先進，我努力回憶老背教給我的簡單操作，W是向前，S是向後，鼠標左鍵是開槍，右鍵是裝上消音器。一天玩十個小時，和過去一樣，我一次一次死去，噴塗也比過去豐富，有人在我屍體旁噴上：看見你了，傻逼。科技的發展真是既合乎人的需求，又總在人的預料之外。

一天夜裡，我正在睡覺，夢見自己站在刑場上，一群蒙面人端著槍朝我射擊，可是他們就是打不中我，我就在四面飛翔的子彈裡，走出刑場，騎上馬唱著歌走了。這時有人敲門，我拿起身邊的晾衣竿，把門鎖勾開，老背走了進來。他光著膀子，只穿了一條內褲，身軀像擱淺在岸上的小魚。

「睡了嗎？棍兒。」

「沒有。」

「聊聊？」

「坐吧。」

他搬了把椅子，坐在我的床邊。

「想上廁所嗎?我扶你去。」

「沒有，睡覺之前去過了。」

「我能扶得動。」

「我知道，確實沒有。」

他拿出我床邊的菸，點上。

「我沒帶菸。」

「嗯，看出來了。聊吧。」

「等等，著什麼急?」

他緩慢的把菸抽完，扔在地上，沒有去踩。

「我們第一次見著那天，你把人給打了，什麼心理?」

「較真兒了，你怎麼想起來問這個，還能是什麼心理?」

「你說你傻逼不?」

我看著他，他從來不和我這麼説話。就算我腿斷了，這也有點不對頭。

「出什麼事兒了?」我說。

「我把人給打了。」

「把誰打了？」

「瘋狂丘比特。」

「誰？」

「網名，叫瘋狂丘比特。」

「在他寢室裡，不用去看了，救不回來了，」他指了指自己的後腦。「我把他這兒打了一個窟窿。寢室就他一個人。」

我看著他，他沒喝醉，也沒有瘋，表情像木偶一樣清楚。

「用什麼打的？」

「他桌子上的菸灰缸。他作弊。」

「作弊？」

「我看不見他，他能看見我，隔著兩層掩體，他能看見我，先打我的腿，然後打我的頭。開始我以為我運氣不好，他猜中的，在遊戲裡我也運氣不好了。後來我上網看了，有這種軟件，幾塊錢就能買著，我也買了一個，不是這個，能查別人的ＩＤ，查到他住哪個屋。２０３９。」

「犯得上嗎？」我說。

「犯得上，你不懂，犯得上。我差點因為他瘋了。」

說完，他站起來，看著我說：

「棍兒，我能在你床上睡會兒嗎？先別找人抓我，我太睏了。」

「上來吧。」

他爬上來，挨著我躺下，雖然從膚色看，他好久沒洗澡了，但是身上並沒有臭味。他像個孩子一樣，臉朝著牆壁，很快睡著了，而且開始打鼾，他應該是有一段時間沒怎麼睡覺了。

我從床上下來，找到拐杖。下樓，來到2039。深吸了一口氣，推開門。一個人穿著黑色T恤衫，上面印著格瓦拉的紅色遺像，正在玩射擊遊戲。他戴著耳機，沒有看見我。頭髮披肩，後腦勺包著一塊紗布。桌子上沒了菸灰缸，菸灰彈在地上。這次他運氣不錯，我心想，即使是全國槍法最準的人，也有打歪的時候。我走過去，坐在他旁邊的椅子上，他還是沒有發現我。他拿著一把狙擊槍，穿著警用的防彈衣蹲在一座古老的城樓上，那是一個中心廣場，四面的桃花開得正盛，城樓上竟然也種著一棵桃樹。廣場上有沙包和堡壘，年輕的匪徒們穿著罩衣，躲在後面。有人手裡拿著報紙，有人拿著書刊，也有人拿著槍。他確實能夠看見敵人，即使敵人藏在堡壘後面，他也能夠看見，那是一個一個閃光的小格子，他朝格子打出一槍，屏幕上便顯示有一個人死了。我看著他打死了五個人。對方都沒有發現他，不明不白地死去了。

我認出他。他是在食堂門口伏擊我的其中一個。他應該給過我一棍子，也許是面門，也許是後腦，或者在腳踝。

我拍了拍他，他看見我，馬上站了起來，耳機線卻拽住他的頭，看上去他好像給我鞠了一躬。

「讓人打了？瘋狂丘比特。」我說。

「你想幹嘛？」他在四下亂看，可是房間裡沒有幫手，其實對付一個瘸子，不需要幫手。

「誰打的你？」

「棍兒。你們一起的？」

「棍兒？」

「網名叫棍兒。你想幹嘛？我不認識你，打人是讓人找去的。」

我擺了擺手，

「不是那個事兒，坐吧，聊聊。你為什麼作弊？」

他坐下，

「為什麼作弊？誰不作弊？現在誰不作弊？」

「你知道我要是再打架，就得給開除了，就沒有工作，沒有女朋友，什麼也不是，在你們去食堂找我之前。」

「知道一點，你得罪人了。」

「算扯平了吧。能算了嗎？以後誰也別惹誰。」

「能。」

「好了，玩吧。」我站起來走出門去。走到樓梯口，我拄著拐走了回來。推開門，他還蹲在城樓上面，頭盔上落滿了花瓣，用狙擊槍射殺著看不見他的年輕人。

我走到他身後，揮起拐杖把他打倒在地。

大路

人們必須相信，壘山不止就是幸福。

——阿爾貝·加繆

過了今天晚上，我就三十歲了。

她走過來，坐在我的台燈底下。她說：「你的房間怎麼這樣冷？」我說：「漠河冷，今天暖氣又斷了，窗戶裡面開始結冰了，四處都開始結冰了。」她說：「我那邊暖和一點，只不過我睡覺的時候老是把被子踢開。」我說：「這麼多年你還是睡覺不老實。你怎麼變得這樣小了？」她說：「因為你快把我忘了。」我說：「我沒有，我只是把你放在了更深的地方。」她說：「更深的地方是哪裡？」我說：「是忘記的邊緣，可永遠忘不了，這就是最深的地方。」她笑了，變大了一點，坐在我的膝蓋上，仰頭看著我，說：「你倒說說，到底值不值得？」

在我很小的時候，父母在一場火災中去世了。那是一場慘烈的大火，燒起來的時候我正蹲在另一條街上彈玻璃球，用纖細的手指把玻璃球彈進不遠的土坑裡，我甚至聞到了東西燒焦的味道，可我當時玩得專心致志，沒有分心去想燒著的是什麼東西。當我捧著滿滿一手贏的玻璃球回到家的時候，家已經燒成了灰燼，父母沒能逃出來。我住到了叔叔家，只有他願意接收我。作為一個孤兒，我變得比任何時候都要清醒，很快學會了保護自己。所有妄圖欺負我的人，不管對手多麼強大，我都給予力所能及的回擊，我從不商量，也從不忍讓，我只想給對方留下足以令他們牢記的疼痛感，自己最後是不是還能站著，並不重要。不得不說，我給叔叔添了不少麻煩，他也很少對我手下留情，我吃過拳頭，挨過皮帶，也曾經在冬天的夜晚在院子站過一整夜，我不斷地向他反擊，不斷地失敗，但是這絲毫沒有動搖我的信念，終於有一天，在我又一次傷人之後，他把我送進了工讀學校。在這裡，教官的行為方式和叔叔沒什麼區別，只是我沒法再白吃白喝混下去，而是需要做工。我的第一份工作是給衣服的領子和袖口繡花，通常都是蒼白的牡丹和僵硬的鯉魚，眼睛和手指要經歷嚴峻的考驗。等我長大了一點，我便和伙伴一起走上街去鋪路，把鐵桶裡的瀝青舀到路上，然後看著壓路機轟隆隆地從瀝青和石子上滾過，造就一片平整的焦土。

工讀學校裡大多是和我一樣的孩子，也許不是孤兒，但是頑劣的程度不比我差，在幾次突然爆發的鬥毆中我都沒占到什麼便宜，這裡的人對疼痛感的認識確實不大一樣。教官們經常會在深夜突擊檢查，因為有些人喜歡在枕頭底下放把刀子，可即便如此，在衝突升級或者說在一些必要的時刻，刀子還會在他們手中出現，像魔術師一樣突然出現在袖子裡，閃閃發亮。在被扎傷了幾次之後，我也學會了巧妙的把刀子藏匿在床上的某處，然後逐漸學會刀子的用法，如何使刀鋒準確切進身體的薄處，不要人的命，但是要讓他倒下。

終於在十六歲的時候，我完整地回到了叔叔那裡，帶著幾處痊癒的傷痕，和幾件換洗的衣服。當時叔叔正在看報紙，他抬眼看著我，看了半天，說：「你壯了一圈。」我說：「是，要幹活。」他說：「可能現在我都不是你的對手。」我說：「有可能，但是沒這個必要。」他想了想說：「你有什麼打算？」我說：「到街上走走，看看有什麼機會。」他點了點頭說：「你還願意住在這兒嗎？」我說：「算了，我已經十六歲了，能自己照顧自己，只是需要一點本錢。」他說：「本錢我沒有，但是你可以在我家裡拿點東西，你看什麼東西你能用的上就拿走，不用客氣。」我在屋子轉了轉，發現廚房的菜板上放著一把切軟骨的尖刀。事後我一直想不通，為什麼他簡陋的家裡會有那麼漂亮別緻的一把尖刀，刀鋒冷月一般發著光。我伸手拿過他手中的報紙，把刀包好，和從學校裡帶出的衣物放在一起，背在身後。他自始至終沒有說話，只是靜靜地看著我，在我走出房門之後，我聽見他站了起來，把門反鎖上了。

經過一段時間的探查，我選擇在這座城市裡，只在兩個地方活動。一個是火車站，白天我就在火車站裡睡覺吃飯，候車大廳就是我的房間。我從來不偷東西，我曾經的伙伴指點過我，如果要偷東西就買一張站台票，上車的時候一定會有人把錢包撞在你的手上。我不偷東西的唯一理由是我不是小偷。所以火車站只是我生活的地方，在哪裡也找不到這麼美妙的家，被無數人的人包圍，可沒有一個人煩你。另一個地方是我上班的所在。在這座城市的一角有一片新建的別墅區，也是唯一的一片別墅區，在別墅區和城市的主體之間，有一片人造的樹林，樹是真的，只不過是為了給別墅區的窗子們一個美好的風景栽上去的。樹林裡有一條寬闊的大路，路兩旁是嶄新的路燈，冬天五點整，夏天七點整，就會亮起。這條路上大部分時間經過的都是車子，各式各樣的漂亮車子，不過也會偶爾有人走過，不知道是什麼原因，不過確實會有人走過這裡，就像是從富翁兜裡掉出的硬幣一樣。我的工作就是在夜晚的時候把這些硬幣撿起來。

我撿到的第一枚硬幣，是一個喝醉的中年男人。第一次工作選擇一個比我還要高大的男人本來並不明智，可是他實在太醉了，走在路上就好像走在水裡，而他腋下的皮包就像是浮在他周圍的救生圈，他一次一次把皮包掉在地上，又一次一次游過去拾起來。路燈很亮，路上只有他一個行人，那時我兩天一夜的時間裡只喝了別人丟在候車大廳裡的半瓶牛奶，餓得發昏。於是我鼓起勇氣，從樹林裡跳出來，拽住了男人腋下的皮包，可他夾得這樣緊，以至於我和他一起摔入了樹叢裡。因為恐懼，我沒有感覺到臉上已經被樹叢割出了口子，我從沒有攻擊過和我沒有絲毫恩怨的人。可我沒有鬆開手，我只想要那隻皮包而已，可是如果我繼續害怕下去，也許我會把刀捅進他的肚子裡。這時他說：「朋友，今天是我請你喝酒，你不要和我搶。」我繼續用力，可他的雙手死死把皮包抱在懷裡，捍衛著自己的尊嚴，他說：「你就算殺了我，我也不會給你，你幫了我的大忙，不能讓你請客。」我只好用另一隻手把刀子拿出來，我準備像過去那樣行動，然後我發現他倒在地上睡著了。那隻皮包裡面只有半瓶礦泉水。

隨著時間的推移和經驗的累積，我逐漸能夠排除飢餓的干擾，適當的選擇自己的目標。我只拿現金，其他東西就算再昂貴，也只會把事情搞複雜，而我不喜歡複雜。我的刀子一直沒有派上用場，大多數遇見我的人，身上的錢和他們實際擁有的比起來都不值一提，他們也許根本不知道我準備了刀子。我的手藝似乎介於乞討和搶劫之間，好像還沒有一個詞能夠準確的定義。我沒有必要為自己辯解，反正每一次和他們見面我都表示了我的誠意，他們對於我來說無足輕重。

遇見她的那天，她雙肩背著書包，低著頭從大路上走過，路燈突然亮起，嚇了她一跳，她抬頭看了看路燈的光芒，好像突然看見了寒冷，身上打了個寒顫。冬天來了。雖然她穿著普通的校服，可她的神態告訴我，她一定有充足的零用錢。我從樹叢裡躍出，說：「給我一點錢。」她有點吃驚，可遠比我想像的鎮靜，她說：「你是要買衣服穿嗎？」我說：「給我一點錢。」她說：「你怎麼穿得這樣少？」從來沒有人這麼囉嗦，我只好從懷裡掏出刀子，說：「我殺過人。」她的眼睛裡微弱的恐懼徹底消失了，她說：「吹牛吧。」她雖然說中了，可我怎麼好意思承認，我說：「不要逼我再殺一個。」她說：「你的刀子怎麼包著報紙？」然後伸手去摘背後的書包，我說：「別動。」她說：「錢在書包裡。」我說：「把書包給我。」隨時都會有人走過來，到時候我連一個書包都撈不著。她把書包扔給我，我差點被砸倒在地，這東西怎麼這樣沉。她說：「明天路燈亮的時候，我再拿點錢給你。」這時候我已經跳進樹林裡，背上書包跑了起來。

她的書包裡有五十二塊錢，半塊巧克力，一隻巴掌大的玩具熊，一個文具盒，裡面有三支圓珠筆兩支藍色一支紅色和兩支鉛筆，還有一塊香噴噴的粉色橡皮，橡皮的一角已經圓了。其餘的是十七本書，囊括了各個科目的教材和習題冊。我把玩具熊扔進垃圾箱，用七塊錢買了一個夾著一丁點奶油的麵包，一瓶礦泉水和一根烤香腸，然後躺在候車大廳的塑料椅上挑出一本書來讀。是一本數學書，在三角形的定義底下，有人用紅色的圓珠筆寫著：對峙。在線段的圖形底下，寫著：人生。而在直線的底下寫著：永恆。我覺得無聊，拿起一本語文書，書裡面夾著一片樹葉，是那樹林裡的樹葉，在一張瘦削的人物插圖底下，有人用同樣的紅色圓珠筆寫著：他去偷書，是因為沒有人給他洗衣服。只要是稍微大點的空白處，都有鉛筆畫，其中一張畫了一個女孩兒站在一個高高的跳台上，底下是一個渺小的游泳池，游泳池裡沒有一滴水，而是放滿了玩具熊。旁邊有一行小字寫著：你們會染上我的顏色。一定是看過了所有紅色批註和鉛筆畫然後吃了那半塊巧克力之後，我枕著書包睡著了。

到了第二天傍晚的時候，我一直在思考，我到底應該不應該去等她。她也許真的會帶著錢來，然後身後跟著警察。我一直在椅子上躺到暮色降臨，我看了看大廳牆上的大鐘，離路燈亮起只有半個小時了，我忽然從椅子上跳起來，背上書包，拿掉刀子上的報紙，向著大路跑去。

我在樹林裡就看見她了，背著一個新書包，就站在昨天那盞路燈底下。我放慢腳步，觀察她的周圍，也許警察或者她的父母就潛伏在對面的樹林裡。我盯著那片樹林看，一陣風吹過，掀起地上的枯葉，好像和每天一樣，沒什麼分別。我目測了大路的寬度，覺得即使是有埋伏，如果第一步我能恰到好處地跳到樹的後面，然後飛跑起來，沒有人能抓住我，畢竟沒有人比我更熟悉樹林裡的地形。路燈亮起來，她朝著樹林看過來，我從樹後面丟出一塊石頭到她的腳邊，她幾步走到我的身邊，仰頭看著我，說：「你背書包的樣子好滑稽。」我說：「錢帶來了嗎？」她從書包裡掏出錢，遞給我，然後又掏出一件極厚的格子襯衫，說：「雖然有些舊，也大，不過你可以穿好多年，你還會長大的。」我把錢和襯衫接過來，眼睛又看了一眼對面的樹林，風捲起的還是枯葉。我把書包遞給她說：「還給你。」她說：「你留著吧，我買了新的。」我想了想，覺得可以留著當一個好枕頭，就又背在了身上。她說：「把我的玩具熊還給我。」我說：「我扔了。」這時一輛轎車從大路上飛馳而過，嚇了我一跳。我說：「從明天起，我就不來了，你不用害怕。」她說：「你不用害怕才對。你幹嘛扔我的熊？」我說：「我不害怕，你不了解我。」她說：「那你明天就來。」然後轉身走了。

我在垃圾箱裡沒有找到那隻玩具熊，按理說是不會找到的，候車廳裡的垃圾每天傍晚都要清理一回。第二天離路燈亮起還有四十分鐘，我又像是被什麼刺中了屁股一樣，從椅子上跳起，跑到樹林裡。這次我早了一些，看見她遠遠的走過來，徑直走到我的眼前，然後坐在地上，說：「坐。」我坐在她身邊，她什麼也不說，我們一起看著路燈逐個亮起，然後黑暗漸漸包圍上來，把燈光擠成了一個個細條。寒氣掃進了樹林，我從書包裡掏出她給我的襯衫，扔在她腳邊，說：

「穿上吧。」她說：「我不冷。我一直以為黑暗是從天而降，今天才知道，黑暗是從地上升起來的。」我說：「可能黑暗一直在，只不過光跑掉了。」她不說話了，繼續看著前方，眼睛那樣大，好像都沒有眨過。過了好久，我感覺到自己就要睡著了，屁股也沒了知覺，說：「你不用回家嗎？」她說：「家裡沒有人，他們都很忙。」停了一下，她說：「你是自己一個人嗎？」我說：「是，我一直是一個人。」她說：「辛苦嗎？」我說：「還好，總有辦法的。」她說：「你是一個很厲害的人。」我從來沒有被人誇獎過，所以不知道該怎麼回答。她說：「你能想到辦法。」我說：「親人是什麼樣的？」她說：「和你很熟，但是和你不相干。」我說：「老師呢？」她說：「老師是只會重複的發條玩具。」我說：「朋友呢？」她說：「朋友是索取。但是你不是。」我不知道自己是不是在索取，也不知道從什麼時候開始我被算做了一個朋友。

她說：「你那把刀子怎麼用？」我說：「刺進胃裡，那裡的皮比較薄。」她說：「你試過嗎？」我說：「那時候的刀子比這小，這把還沒用過。」她說：「很疼嗎？」我說：「應該是很疼，因為胃和腸子都很知道疼。」她說：「有不疼的嗎？」我說：「脖子吧。」她說：「你確定嗎？」我說：「我猜的，脖子比較致命。」她說：「你會殺死我嗎？」我說：「當然不會，你這是什麼意思？」她說：「我求你呢？」我說：「也不會。」她說：「我睡覺的時候常常會把被子踢開。」我說：「我不會殺死你。」她說：「然後我就在寒冷中醒來，身上什麼也沒有，我覺得人生就是這樣，你以為世界在包裹著你，其實你什麼也沒有。」我說：「那不是你自己踢開的嗎？」她說：「也許吧，被子裡面太悶了，對不對？」我說：「我得走了，不會再來了。」她說：「就算你不殺死我，我也會想辦法死掉的，現在是我最美的時候。」我說：「也許你以後會更美。」她說：「不會了，時光不會流逝，流逝的是我們。」我站起來，她把襯衫撿起來遞給我，說：「你欠我一隻玩具熊。」我說：「已經沒了，除非你想要個新的。」她說：「那不一樣，你還不了我，就答應我一件事。」我說：「我不會殺死你，我沒殺過人。」她說：「你果然在吹牛。你答應我，把那把刀子扔掉，然後找個其他的工作幹，你會做什麼？」我想了想說：「我會鋪路，很平的路。」她說：「那你就找個地方鋪路。至少要活到三十歲。然後告訴我，到底值不值得一活。」我說：「我怎麼能找到你？」她說：「你不用找我，我會來找你的。」我忽然說：「你真的會找到我嗎？我是說說話算話。」她說：「我說話算話，但是那天你要穿著這件格子襯衫，我才能找到你，這是你的標記。」我說：「我會的。」她說：「走吧，別再回到這條路上。」

我沒有遵守諾言，我每天回去，坐在樹林裡等著。可她再也沒有出現。那個喝醉的男人又從路上走過，一次次的把另一隻皮包掉在路上，自言自語，可我沒有打擾他。我曾經想走進別墅區裡，挨家挨戶的尋找，或者貼出一個告示，提醒他們，也許你們的家裡有一個這樣的小孩，但是我沒有這樣做。在第六十七天的夜裡，我看見有救護車呼嘯著向別墅區駛去，不一會又呼嘯著駛出來，這回上面好像坐滿了人。三天之後的清晨，一支送葬的隊伍從別墅區中緩緩駛來，靈幡從車窗裡伸出，有人向外撒著紙錢。我看見有人在副駕駛抱著一副黑白照片，我看見了，看見那照片上的容顏。就在那天夜裡，我穿上襯衫背著書包走到火車站的售票口，說：「我有八十六塊錢，最遠能夠到哪裡？」賣票的女人看了我一眼說：「到漠河。」我說：「那就是我要去的地方。」在上火車之前，我把刀子扔進了垃圾桶。

我在漠河鋪路，鋪了很多條，通向不同的地方。我謹慎的對待每一條路，雖然很多路我鋪好了之後自己再沒有走過。漠河太冷，季節很少，願意鋪路的人不多，我的薪水不錯，只是臉面經常被凍傷，傷口沒有時間痊癒，所以我看起來比實際上老一點。我看見很多人雖然做著正常的工作，而實際上和我過去一樣，生活在乞討和搶劫之間，而我則在專心鋪路。有時候我會看見北極光，我剛到漠河的時候，別人問我：「來過嗎？」我說：「沒有。」別人說：「哦，你是來看北極光的吧。」我說：「我是來鋪路的，北極光是什麼？」第一次看到北極光的時候，我呆住了。她就像一團沒來由的火，在冷空氣的核心靜靜的燃燒，緩慢地釋放五彩繽紛的光芒，綠，白，黃，藍，紫，直到她燃盡了，世界又恢復了本來的樣子。

我看完了書包裡的十七本書，用每個月剩下的薪水，我又買了一些書看，數學，化學，語文，歷史，我按照那些教材的科目，分門別類看下去，看不懂的地方就記下，等到下個月剩下薪水，我再買其他的書，把上個月留下的疑問解釋掉。我對此並無極大的熱情，可是每天如果不做，就好像死掉了一天一樣，只好一天天的堅持下去。我幾乎忘掉了我曾經的樣子，知道的越來越多，雖然從未讓別人知道我知道，可是我還是知道我已經變成了另一幅模樣。我所相信的已經不再是果敢的行動，而是安靜的思考，我漸漸抵達了某種東西的深處，那個地方於現在的世界毫無意義，可其本身，十分美好。我曾經把刀子和玩具熊丟在了垃圾箱裡，我似乎逐漸把玩具熊找了回來。

今天晚上，我穿上了那件格子襯衫，果然不大了，尺寸正好。我坐在台燈底下，把十四年前的十七本書擺在書桌上，一本本的看起來。她也許已經在我身邊站了很久，我沒有發現她，她只好坐到我的書桌上，坐到我的書頁中來。

她仰頭看著我的台燈，就好像當年她看著路燈一樣，打了一個寒顫。

「你倒說說，到底值不值得？」

我把玩具熊放在她手上，說：「還給你。」

她說：「你找到了？」

我說：「沒有我想像的那麼難。」

她說：「那就是，值得？」

我說：「我不知道，我沒有為了答案而活著。」

她把玩具熊抱在懷裡，說：「那你為了什麼？」

我說：「我只是活著，然後看看會不會有有趣的事情發生。」
她說：「你不怕流逝了嗎？」
我說：「我在流逝，不過這就是有趣的地方，至少我比時光本身有趣。」
她說：「你說的對，你現在確實比當年有趣了一點。」
我說：「你也沒錯，你現在確實和當年一樣美麗。」
她紅了臉，摸了摸玩具熊，把它遞給我，說：「送給你吧，我有整整一個游泳池的玩具熊。」
我接過來說：「你什麼時候再來找我？」
她說：「在你死那天。記得要穿這件格子襯衫，這是你的標記。」
我說：「我會的。」
她跳起來吻了我的臉，然後變成了光，退出了黑暗裡。
我抱著玩具熊鑽進被窩，把被子緊緊的壓在身上，我對自己說：「不要把被子踢開，讓被子包裹住我，明天暖氣就會修好了吧。」

自由落體

悶豆所說的那個操場，在大學的西部，面積不小。人造草坪，跑道，看台，四周是高高的鐵絲網。看台只有一面，對面的鐵絲網外面，是一片舊的居民樓，窗台對著操場，晾著各色的衣服，堆著雜物。我爬到看台的頂端坐下，看著底下時有人走上來，有人走下去，男孩女孩緊挨著坐著，屁股底下鋪著報紙，旁邊是薯片，手裡拿著書。我去的時候是秋天的下午，不涼快，操場上沒有幾個人，悶豆說的傍晚鍛鍊的學生和居民還沒來到。操場中間有兩個人在玩足球，球門沒有網子，他們兩個輪流把球向空門踢去，就我看的那段時間裡，他們很少把球踢進門裡，大部分時間向兩邊飛去，不過他們好像並沒有當回事兒，頂著太陽飛奔著去撿，回來再踢。情侶吃光薯片接起吻來，我站起來走下去，經過他們旁邊的時候，只看見女孩兒一片黝黑的頭髮，和男孩兒緊繃的下巴。書打開著掉在地上。我繼續向下走，看台的頂棚已經遮不住陽光，我的影子疊在他們旁邊，然後一層一層地向下游走。

我與悶豆與小鳳是高中同學，小鳳好看，但是不太老實，所以有幾次一起看電影，她來吻我，我沒伸舌頭，回頭還當著悶豆的面說，下次親嘴之前，不要吃大蒜好吧。小鳳不以為意說，我沒吃，你再來試試。我說，行了，怪熱的，去游泳吧。那是個八月天，可是不熱，剛下過暴雨，烏雲還沒散，盤桓在天空，好像上帝的一張臭臉。馬路上過著公交車，上面沒有幾個人，窗戶全開著，向下滴著水。我們三個站在電影院的大廳裡，影院也沒什麼人，那是工作日的上午，十點鐘的場次，學校也在上課，我們三個站在海報底下，用一根吸管喝著一杯大可樂，看著售票員百無聊賴地擺弄著手機。這時悶豆放了一個屁，他喜好放屁，所以我們叫他悶豆，那個屁不悶，很響，但是不臭。小鳳說，悶豆，你又放屁了，你為什麼不去看病？悶豆說，我沒有。小鳳說，老胡，你聽見他放屁了沒？我說，沒有。小鳳說，那麼大聲你沒聽見？我說，沒有。我剛才仔細聽來著，他沒放屁。悶豆說，你跟我有仇，我打個嗝你都說我放屁。小鳳從我手中拿走可樂，咬住吸管，直到把可樂喝乾，發出乾澀的空鳴，然後把杯子扔向垃圾箱，沒有中的，磕了一下箱沿落在外面。悶豆走過去撿起來，放進垃圾箱。他回頭看見小鳳抱著我正在大哭。

小鳳家道殷實，父母都是軍人，大校，語文老師老叫她大校的女兒，小鳳對這個稱謂不太感冒，哼，他覺得自己挺逗是不，看過幾本破書，知道什麼，我看他像大校的孫子。其實語文老師是個相當良善的老頭，永遠穿著正裝，夏天是白襯衫料子褲，冬天白襯衫外面加一件灰西服。我不願取笑他，因為他身上的某種氣質很像我外公，但是小鳳取笑他，我也不加反駁。小鳳的父母雖是大校，卻並不帶兵，而是大夫，是一家綜合性軍旅醫院的骨幹，父親在腫瘤科，母親在心臟科。母親的成就感更多些，心臟科經常有人能活過來，所以在家裡母親說得比較算。我經常問小鳳，你說你到底像誰呢？就你看誰都不順眼這勁兒。她說，誰也不像，抱錯了，我是醫院清潔工的女兒。我說，說真的，你到底像誰？她說，誰也不像，我自我教育。我說，你別胡鬧，說點真的，我請你吃冰棍。她說，我不想吃冰棍，我跟你說點真的，一會悶豆從你旁邊過的時候，你把他褲衩扒了。我說，行，你說吧。她把一本數學教材立起來，趴在桌上，側臉衝著我，其實她腿上還有一本書，閒書，她經常這樣搞，表面一套，腿上一套。我小時候有個叔叔，不是親叔叔，是我鄰居，會拉小提琴。你過來點。我也把書豎起，趴過去。拉得好聽極了，我爸我媽下班晚，有時候乾脆不下班，我老去他家吃飯，吃完飯他就拉琴，他沒孩子，老婆不能生，但是倆人感情很好，他拉琴，他老婆給他翻譜。有一天我帶了一隻蝴蝶的髮卡，他說，那今天給你拉《梁祝》吧，拉完之後，我伸手摸了摸髮卡，確定它還在，真以為它已經飛走了。有一天半夜，他老婆來敲我家的門，說他跌倒在床下，吐了一地，臉完全紫了，我爸到他家去看，我也跟著去了。我說，夠了，別說了。她說，然後我爸喊來了救護車，親自給他做的手術。手術很成功，他沒有痛苦，死在了手術台上。我陪著他老婆從醫院走回來，她一邊哭一邊跟我說，剛才走得急，好像門沒有鎖，不知道丟沒丟東西，這一句話她說了好幾遍，哭得稀里嘩啦的，衣服上都是鼻涕。回到家我努力讓自己睡著，如果讓這件事成為噩夢的一部分，醒來不就沒了？快要天亮的時候，我果然睡著了，夢見了那個叔叔，他到我的床邊把我叫醒，手裡拿著小提琴，說，看見我的琴弓了嗎？誰把我的琴弓拿走了？我說，不知道。他走開，嘴裡說，誰把我的琴弓拿走了

計，她被她爸媽送去澳大利亞，而我留在高中裡復讀。她哭完之後，用我的領口擦了擦臉說，澳大利亞有種動物叫做鴨嘴獸，是個怪物。我說，你又開始了。她說，這種怪物非常害羞，大部分時候潛伏在水中生活。雄性鴨嘴獸的後爪會分泌毒液，在遭遇外敵時就會使用這招。毒性很強，但是很奇怪，能夠襲擊鴨嘴獸的東西，登場在大約九千年前，但是在之前鴨嘴獸就已經帶毒了，到底是什麼原因，到現在也搞不明白。我說，你又是在哪看的？她說，這個東西最怪之處在於，本來已生蛋孵化，卻還要再哺乳，據說一七九八年，當第一具鴨嘴獸剝製標本被送往英國皇家科學院時，學者們全都矇了，他們認為這是數種動物的部分軀體拼綴而成，胡亂捏造的標本，是個惡作劇。我說，你什麼時候走？她說，我去給你們逮兩隻鴨嘴獸回來，送你們一人一隻，當寵物養。悶豆說，如果你讓牠後腳踢到，不是完蛋了？小鳳說，那樣更好，我就沒想活著回來，可能第一天水土不服，拉稀就拉死了。我說，我們還去游泳嗎？她說，澳大利亞的游泳項目在世界上……我說，你他媽閉嘴，去游泳嗎到底？她說，去。我的兜裡揣著三張省政府游泳館的游泳券。那天沒有幹部在水裡，整個游泳池很乾淨，綠油油的空無一人。我站在池邊，看著沒有人的游泳池，感覺到危險，很奇怪，有人的時候不這麼覺得。悶豆餓了，去吃自助餐，我和小鳳在裡面游。她很生疏，不敢離開池邊，就在扶手附近漂來漂去，我不管她，兀自在池裡頭折返，使勁踩水，雙手把阻力划到一邊。小鳳說，你過來。我好像有點抽筋。我說，那你上去。她說，你過來。我潛到水下，游過去，看見她的雙腳，又細又白，蘆葦一樣飄蕩在水下。蘆葦。很想把她扯下來。我從她正面浮起來，她摘下泳鏡，甩了甩說，如果你不想我走，我就不走了。我說，你哪隻腳抽筋了？她說，我說真的，老胡，如果你不想我走，我就不走了。我說，你能不撒謊嗎？是不沒抽筋？她說，我再問你一遍，我留下來好嗎？我說，你什麼時候的飛機？她說，明天下午。我說，明天下午我外公過生日，不去送你了。她看著我，眼睛裡不知是水還是眼淚，說，澳大利亞這個國家是由流放來的囚徒開拓而成，東部山地，中部平原，西部高原，首都不是悉尼，是堪培拉……我突然伸手扳住她的脖子，摸了摸她後腦勺的頭髮，那塊頭髮很軟，順著凹陷，滑溜溜的好像玻璃，我說，我不關心，你知道嗎？而且你都沒發現你在撒謊。游泳票是我爸給的，他也可以不給。你去美國，澳大利亞，加拿大，還是撒哈拉大沙漠都和我沒關係，或者說對我來說都一樣。如果你沒抽筋的話，就再游一會，這裡頭不限時。說完我沉到水底下，向著另一頭的池邊游過去。

她走後，就沒有了消息。沒給我打電話，也沒給悶豆打。我以為她會給悶豆打，但是她沒打。但是悶豆很堅韌，四處打探她的消息，他覺得這裡面有十分不自然的地方，也許他擔心她被鴨嘴獸的後爪踢中。這就是悶豆永遠不會進步的地方，他喜歡人，但是他無法理解人和人的區別，人和人之間有著永恆的距離啊，誰也代替不了誰，所以「擔心」這東西是無謂的，而且很自私。沒過多久，我就把她忘記了，連同和她有關的很多事情。大多數時候根本不會想到這個人，噢，曾經有一個朋友，去了一塊特別的大陸，這樣的想法在一年之後，幾乎不曾在腦海中出現過。有時候電視上會出現澳大利亞的風景片，有一次講一個司機在高速公路上撞到了一隻袋鼠，他把袋鼠放在後座，瘋狂的開車找醫院想把牠救活，看著袋鼠瞪著黑眼睛，呆頭呆腦的樣子，好像牠一點也不疼，那個司機倒好像什麼地方在陣痛發炎，結尾是在醫院裡，大夫在給袋鼠做手術，袋鼠戴著氧氣罩，我就換了台。想來袋鼠會活過來，和司機擁抱，然後扶著自己的袋子跳回家去，可是我懷疑牠不會長記性。

大學畢業之後，家裡給我謀了個差事，在政府一個小部門掛職，每天無所事事，就在網上鬥地主。有時領導出差，辦公室裡就剩下我一個，我就把音響打開，聽搖滾樂。有人來找領導辦事，我就請他坐著一起聽，直到聽得不耐煩走掉。悶豆白天在銀行上班，晚上溜進大學聽課，什麼都聽，哲學，歷史，文學，數學，園藝。我說你真是腦袋有毛病，有這時間趕快去找個女人，聽這些也不能讓你當行長。他說，你知道夏天聽完課之後，坐在學校操場的看台上，是啥感覺嗎？我說，啥感覺，有蚊子吧。他說，你就感覺明天也不太可怕。我說，你他媽的又在放屁，我的每天都不可怕。他說，有時間你也來來。感覺感覺。我說，操場有姑娘嗎？他說，有很多，有的打羽毛球，有的跑步。我說，穿衣服嗎？他說，你來感覺感覺。那段時間我認識了一個姑娘，此人是我的小學同學，同學聚會上重又認識。第二天她給我打電話，說前一天一高興喝多了，說了很多不該說的話，跟我道歉。我說，不必，你說什麼了我都沒記住。她說，我在太原街想買件衣服，過兩天給人當伴娘穿，挑來挑去花眼了，你來幫我看看。我說，我不會挑衣服，又不你結婚，隨便穿吧。她說，你就不能幫我個忙，上小學的時候，我還讓你抄過我卷子。我說，好吧，你別說了，我去。結果那天逛了兩個小時街，我給她買了一件衣服，又給她買了塊錶，晚上一起吃了個飯，她又喝多了，又沒少說話，然後就去了賓館。半夜時候我起來喝水，看一眼床上的她，嚇了一跳，她和小學的時候沒怎麼變，讓我覺得自己在犯罪。我在洗手間坐了一會兒，回到床上把她搖醒，說，你叫什麼？她直迷糊，好幾根頭髮貼在嘴角，說，張舒雅，警察查房啊。我說，你小學的時候是叫這個名字嗎？她說，不是，後來改的，原來那名字太寡，算過，說從名字看，就一無所有。我說，還有避孕套嗎？我想再來一次。她說，有，電視櫃上，你拿。我把包裝撕掉，給自己戴上，發現她已經睡著了。蒼白瘦小。我摘下來扔進垃圾桶，打開電視，然後回到床上抱住她。

第二天一早，她把我叫醒，說再不吃早餐，券就浪費了。她已收拾停當，比昨晚大了一圈。我跟著她下樓吃飯，那是一家四星級賓館，我爸是主要股東，自從和我媽離婚之後，他在這兒就有一個房間，有時候在家住，有時候在這兒住，我成年之後，他也給我開了一個，告訴我別去外面，這兒放心。她吃了很多東西，我喝了一杯咖啡。我再吃個雞蛋，她說。我說，不急，你吃。她又吃了一個雞蛋，喝了一杯橙汁，然後吃第二個。她剝雞蛋的方式很有意思，敲一個縫，然後用手指尖撓雞蛋皮。我說，你先撓，我得走了，這裡面有個SPA館，我跟服務員說一聲，一會讓她領你過去。她說，你幹嘛去？我說，我去看病人，得坐一天。她說，哪個醫院？

我說，四院。她說，順道，我家就住四院後面。我說，行，你把雞蛋吃完。她說，不吃了，扒完之後發現飽了。

外公的病房在五樓，他中了風，半邊身子動不了，人也認不太準。說話含糊，但是仔細聽能聽明白，不過大部分時間他不說話，而是昏睡。張舒雅趁我在門口買菸的時候，買了兩袋水果和一束花。我說，閒的，他都不知道是誰送的。她說，我知道就得，你幫我拎一袋，別跟大爺似的。我把兩袋都接過來，說，看一眼你就走，行嗎？她說，你把花也拿著，我現在就走。我說，我沒有手了。走進病房，溫度挺高，外公果然在睡覺，他的老警衛在床邊坐著，也在打瞌睡。床旁邊有兩把空椅子。張舒雅把花放在花瓶裡，可能是椅子的數目正好，我說，坐吧，水果沒人吃，自己吃一個。我和張舒雅在病房坐了一會兒，張說，我去打點水，給他擦擦臉，都爆皮了。她給他擦完臉，又給他擦了手，也許是碰到了針眼，他醒了。看了看我，又看了看張舒雅，說，同志們都散了？我無言以對，張俯身在他耳邊說，還沒來呢。他說，崗別撤，興許夜裡有鬼。她說，都在呢。他點點頭，又閉上了眼睛，整個上午都沒再醒來。中途老警衛醒了，說，胡波來了？我說，這我同學，你沙發睡會，我看著。他說，下午北京來倆人，三點到，你提前叫我，如果他說難受，你也叫我。然後倒到沙發上睡著了。我小時候聽我外公講過，他和他的警衛是老鄉，從十幾歲跟上了隊伍，就沒分開過。

我和張舒雅繼續坐著，坐了一會我也有點睏了，也許外公沒什麼病，這病房確實使人發睏。

張看著點滴說，快嗎？我說，不快，護士又不傻。她說，那可說不準。站起身把護士找來，護士擺弄了幾下，速度沒咋變，然後走了。我說，你給我講個故事吧，要不我就睡著了。她說，你睡你的，有我呢。睡覺又不犯法。我說，我不想睡，你隨便講點啥，胡編的也行，給我講講。她說，我沒故事，也不看書。我說，操，講一個，沒事幹。她說，那我瞎講，你別認真聽，就當是我有毛病，自言自語。我說，講吧。她說，上小學的時候，我剛學會騎自行車，我媽要去郊區辦事，好像是去掃墓。也許這故事不對。我說，講啊。她說，我也要去，我們倆就一人騎一自行車，上路。那地兒真遠，騎了不知多長時間，大夏天，我的臉都冒鹽了。我媽騎得慢，我剛學，騎得快，使勁蹬，前面看見了一個兩洞橋，我媽在我身後說，過了橋，就出城了。我一哈腰，從橋底下穿了過去，看見一個藍色的指示牌，順著箭頭，我拐到一個土路上，繼續騎。又騎了一會，回頭發現我媽不見了。我就叉著腳等著，等了半天她還沒上來，我有點慌，也許是自己走丟了。就開始掉頭往回騎，騎了半天，也沒看見那座兩洞橋，四周都是農地，種著大豆高粱，瞎說的，種啥不知道，但是綠油油一片，遠處還有灰色的山體，有的缺了一塊，好像是給人炸的。我就又掉頭，希望能找到那塊墓地，一個勁往前騎，見著岔路也不拐，一點點的，我發現自己快沒勁了，天也要黑了，沒見著一個人，見著一個，站在田裡頭，頭上蒙著手巾，我衝他喊，他沒聽見，我就繼續向前騎。天黑了，我感覺也許我真丟了，不定讓誰撿走，趕緊把我媽的大名想了想，準備見人就告訴。但是說實話，我沒太害怕，騎車騎得還挺過癮，家在那，遲早能說，不是，我要走。我說，還是得了癌。他說，我要去北京，明天就走。晚上見面，我沒怎麼搭理他，就是喝。他說，我準備一個月回來一回。我說，千萬別，就住天安門。他說，工作的事兒我都交接完了，你的錢可以提走。我說，我的錢和你有關係嗎？他說，我跟你說說到底怎麼回事兒。我說，我沒興趣，一點興趣都沒有。他說，你怎麼回事兒？我喜歡的一個老師去北京了。我拿起一杯酒喝了。他說，講文學的，創意寫作，我很喜歡她，我想去北京繼續聽。她看過我的習作，也覺得不錯，她覺得我能寫小說。你說有意思沒，我之前自己都沒發現。我說，之前還有個教園藝的老師說你能種花呢，你怎麼不去扣個大棚種花？他說，那回是扯淡，想賣我花種，這回是真的，她說我有點像余華，寫的東西看著簡單，其實很複雜。我說，你表演放屁給她聽了嗎？她覺得怎麼樣？他說，其實我糾結了很久，還是決定辭職，和我爸我媽和你都沒說，我知道說完就完了，我沒主見。這輩子就這麼一回，你聽我說話沒？我說，你喝多了，不知自己在說什麼，回去睡吧。他紅著臉，說，你能不能仔細聽聽，我能寫小說，我能寫小說，我能寫，你要不要看看？我包裡帶著。我說，我不懂那個，就是感覺你辭職這事兒挺二逼的，挺自私的，你媽你爸含辛茹苦，你就這麼回報他們。他不說話了，手緊緊握著玻璃杯。我知道自己說重了，但是也沒收回，話這東西，不存在收回一說。過了一會，他說，你走吧，我再坐會。我說，好，然後站了起來。我說，你到北京住哪？他沒抬頭說，原來銀行有個朋友，調到總行，他有個地下室。我說，你倆睡一張床？他說，我沒問幾張床。我說，你不嫌人家，人家還嫌你概過了三個小時，我已經坐在了地上，長椅上其中一個男的也睡著了。又過了兩個小時，老太太也睡著了，旁邊的中年女人翻開皮包，拿出一摞錢數了數。窗外的陽光已經沒那麼強，我想上廁所，可是在走廊裡沒找到洗手間，看了看牆上的導診圖，男廁所在樓上。我爬了一層樓梯，發現上面也是一個手術室，外面站滿了人，有人躺在準備好的蓆子上。一個男的對另一個男的說，今天已經連續出來七個男孩兒，不知道下個是什麼。另一個說，這說明不了啥，從概率學的角度看，每次的概率都差不多，拋硬幣知道嗎？我上完廁所出來，看見護士抱出來一個娃娃，正拚命哭喊，不知道是男是女。下到樓梯裡，還沒拐出去，就聽見走廊的說話聲，我站在樓梯口我伸出頭去看。李明鳳出來了，那五個人把她圍住，我低著頭，慢慢走過去，側身站在人群的後面。李明鳳說，及時，血塊通開了，人沒事兒。老太太抓住她的綠色袖子哭了起來。李明鳳說，他有心臟的毛病，以後家裡要留人，讓他自己待著會有危險，幸虧那個鄰居。中年女人說，是我該死啊，我出去買螃蟹了。李明鳳說，堵塞的面積很大，要在重症監護室觀察，你們先去休息，監護室進不去，有單獨的護士。我看見她的脖子上都是汗水，還是那麼瘦，像蘆葦一樣，比過去黑了點，可能是那地兒太晒了。上衣兜裡漏出一截口罩。中年婦女把錢塞進她裝著口罩的兜裡，她拿出來，口罩掉在地上，這個用不著，他已經活了。重症監護室一天一千五，錢有得花。我走過去幫她把口罩撿起來，她接過去說，謝謝。自始自終沒什麼表情，累得好像要跌倒，也沒有認出我。她拿下帽子，理了理頭髮，頸上有幾根白了，然後重新戴上帽子，走進手術室裡。

大約一週之前，悶豆曾給我的工作郵箱發過一封郵件，裡面用毫無感情的文字描述了小鳳現在的生活，還留下了她的電話。無非是這個年紀女人的那些事情，一二三四五六。郵件的附件裡，有一篇小說，應該是他寫的，或者說我很確定是悶豆所寫。其中一段是這樣的：

至於那個侮辱我的人，我絕不會放過他。他已經結婚，並育有一子，我準備從他的兒子下手。在學校門前，我把他領到一邊，並出示了我的匕首，不要出聲，出聲我就捅死你。他點點頭，讓我拉著他的手走。過了一條馬路，我有點忘記要把他帶去哪裡。他說，叔，我想吃個冰糕。我說，閉嘴，沒有冰糕。他點點頭，拉著我的手向前走，我說，不要動，是我拉著你。他說，那邊有警察過來，我們不能站在這裡。我心裡一驚，拉著他向胡同裡走去，他說，叔，我想坐木馬，旋轉木馬。我說，沒有木馬。他說，有木馬，過了前面那條街，就是遊樂場。於是我帶他去坐木馬，剛下過雪，木馬光著身子站立。他抱著木馬的脖子，看管木馬的老人說，今天木馬壞了，只有音樂，不能旋轉。我說，那就放音樂吧。音樂響起來，他抱著木馬的脖子安靜地坐著。我極想將木馬推動，可是那完全不可能。他說，叔，我很開心，一直想坐木馬，沒人帶我來。我說，不要說話。他說，叔，我想吃冰糕。我說，這就去買來。我已經十幾年沒吃冰糕，給自己也買了一支。回到原地，遞給他冰糕，我也坐上一匹木馬，這時一陣大風吹過來，一切似乎都旋轉起來，他揚起了手，冰糕掉在地上，黑頭髮飄起，而我也打起了口哨。

出了醫院，我從錢包裡翻出張舒雅的名片，這是我第一次看這張名片，上面有她的名字和電話，背面畫著一隻啤酒瓶。我打車到了首席KTV的時候，天已經有點黑了，但是還不算太晚，外面沒什麼車。遠處還能看見落日的餘輝，把電視塔的塔尖染得挺好看，好像蛋糕上的蠟燭。兩個漂亮的小夥子幫我拉開大門，說，歡迎光臨。我說，我找張舒雅。其中一個說，哥，是姑娘嗎？有點不像藝名。我說，不是，超市賣啤酒的。另一個伸手一指說，超市在那邊，賣啤酒的叫啥我們真不知道。超市裡沒有顧客，張舒雅後背衝著入口，正在擺啤酒，怎麼擺都擺不直。她穿一身白，裙子看著很硬，上面也畫著啤酒瓶，瓶起子掛在腰間。我說，張舒雅。她回頭看見我，朝我走過來，說，你自己來的？我說，啊，你把這兩瓶換一下，就直了。她換了一下，說，真是，我還以為它們倆是一樣的。我說，還是有點小區別。我想唱歌，你什麼時候下班？她說，明天早晨。我說，那我邊唱邊等你。

包間裡有點涼，我把空調關上。唱到第三首歌的時候，張舒雅推門進來，她換了一身衣服，T恤加牛仔褲，拎著一籃子酒。我說，請假了？她說，我讓別人替我一下，前兩天我也替過她。我說，你想唱什麼？我幫你點。她說，你唱吧，我給你點，這東西我熟。我說，你點個對唱吧，我們一起唱。她說，我跑調。我說，沒事兒，我也跑。她說，那我先喝一瓶。我說，好。

她一口氣喝完，說，來，我會唱〈鐵血丹心〉。我說，那就〈鐵血丹心〉。她唱得非常好，我從來沒見過唱歌這麼好的人。我真想閉嘴聽她唱，可是裡面一直有個該死的男聲，需要我張嘴。唱完之後，我說，你唱歌這麼好，為什麼在賣啤酒？她說，我膽子小。我說，我有個朋友膽子大，也許是兩個。她說，我羨慕膽子大的人，我膽子小。我再唱一首，我想唱〈膽小鬼〉。我們就這麼喝著啤酒，你唱一首，我唱一首，合唱一首，一直這麼喝著唱著。可能是半夜一兩點的時候，我爸給我打了個電話，我接起來，他說，跟你說個事情，你外公沒了。從窗戶跳下去了，他的警衛扶著他跳下去的，監控錄得很清楚。你媽一年不給我打個電話，打電話就說這個。

我放下電話，張舒雅又唱了一首歌。

走出格勒

二十四歲的時候，我用一支舊得不成樣子的鋼筆給父親寫過一封信。在信裡，我講了一下家裡的近況。母親仍然自己一個人，和我生活在一起，沒有出去工作，每天在家裡看電視養花。我，馬上就要結婚，妻子是出版社編輯，因為出版我的小說認識，她比我年長，不算漂亮，但是人很和善，也很敬業。她說從第一次見到我開始，就覺得我這個作者似乎可以信任，這種感覺在之後的交往中得到了確認。我還在信裡講了一下豔粉街現在的狀況，它已經被夷為平地，然後在上面蓋了無數的高樓，現在已經是核心市區的一部分，有幾個大型的超市和不少的汽車4S店。我在信的最後說，雖然很久之前你就告訴我，不要去看你，不用再給你寫信，可是在這樣特殊的時刻，我還是想寫信給你，跟你講一下，然後我把那支舊鋼筆放進信封裡，把信寄了出去。

像過去一樣，我沒有收到回信，但是收到了那支舊鋼筆，監獄把鋼筆給我退了回來。我明白他們的意思，鋼筆有時候會成為凶器，這已經不是十幾年前，一切還都較為寬鬆。我把它和我的舊信件放在一起，鎖進了抽屜。

我和我的父母搬進豔粉街的時候，是一九八八年。那時豔粉街在城市和鄉村之間，準確地說，不是一條街，而是一片被遺棄的舊城，屬於通常所說的「三不管」地帶，進城的農民把這裡作為起點，落魄的市民把這裡當做退路。它形成於何年何月，很難說清楚，我到那裡的時候，它已經面積廣大，好像沼澤地一樣藏汙納垢，而又吐納不息。每當市裡發生了大案要案，警察總要來這裡摸一摸，帶走幾個人問一問。這裡密布著廉價的矮房和胡同，到處都是垃圾和髒水，即使在大白天，也會在路上看見喝得醉醺醺的男人。每到秋天的時候，就有人在地上燒起枯葉，刺鼻的味道會瀰漫幾條街道。

那年父親三十七歲，剛從監獄出來，一九八五年，他因為偷了同事的兩副新撲克牌，在監獄裡待了三年。在入獄之前，他是工人，據母親說，父親晚上喜歡讀武俠小說，還參加過廠裡的徵文比賽，寫過歌頌「兩個凡是」的詩歌。出來的時候他一條腿瘸了，不過還可以自己走路。找工作的時候他經常要在對方面前走幾圈，你瞧，我瘸得不厲害，他總這麼說。一個獄友，先他四個月出獄，在豔粉街開了一家台球廳，要他過去幫忙，他說那裡房租便宜，對於像他們這樣的人有很多的工作機會，容易交到朋友。台球廳在地下一層，沒有窗戶，裝有兩個碩大的排風扇，裡面每天煙霧繚繞，賣一塊五一瓶的綠牌兒啤酒和過期的花生豆。大人們在裡面喝酒打球，談事情，除了十幾個台球案子，還有六七個房間，有的裡面是一張牌桌，有的裡面是一張床。父親的任務是拿著一根廢舊的台球杆坐在台球桌旁邊的椅子上，裝作會打球的樣子，處理一些糾紛。他常哼著裡面播放的音樂，在一年後，他最後一次傷人之前，他已經學會了不少粵語歌。

奇怪的是，他一直沒有學會打台球。

那次嚴重的鬥毆具體因何而起我已經無從知曉，沒有人告訴過我，只知道父親打壞了一個年輕人的脊椎，導致他永遠無法站立，而我的家裡又拿不出賠償金。而據我的猜測，他也許只是想讓自己看上去能幹一點，畢竟這份工作來之不易，或者是在擊打對方的時候，想起了自己過去受過的苦，或者兩者兼而有之。

因為是累犯，又是特殊時期，這次的刑期很長，父親被帶走之後，給母親寫過一封信，告訴母親和我忘掉他，也不要去看他，他不會見我們。事實證明，在這一點上他相當固執。我和母親試了幾次，都吃了閉門羹，寫去的信也全都給退了回來。

父親回到監獄之後，我和母親依然住在那裡，她每天清晨推著一車毛嗑兒出去賣，工廠倒閉之後她就開始幹這個。我幫她把三輪車推到巷口，然後自己走路去上學。以我的腳程，二十分鐘可以走到，我目不斜視，筆直前行，需要走過六條街和一個旱廁。清晨的街道上布滿了垃圾，只有一個獨眼的環衛工人打掃。他年過花甲，老是用那隻沒瞎的眼睛審視著那些清晨時候下班的妓女，她們大多挎著鑲有閃閃亮片的皮包，穿著高跟鞋，有的搖搖晃晃，已經醉了，妝容花在臉上，有的抽著菸捲，眼睛快要睜不開，急匆匆地趕回出租屋去睡覺。路上常有人打劫，劫匪一般都是附近職業中學的高年級學生，他們的專業是水案或者修理汽車。他們在褲兜揣著折疊刀，三五個一夥兒，在拐角或者樹後面出現，把你拉到胡同裡，打你兩拳，然後開始搜你的身上。我記不清自己被搶了多少次，按道理說，他們如果能夠信息共享的話，搶劫我這樣的孩子是十分沒有效率的，我兜裡沒有一分錢，腕上也沒戴手錶，只有一書包的書和一個生鏽的文具盒。可惜在那個行當裡，總是有新人加人，他們不認識我，他們需要錢去買遊戲機的幣子或者給自己喜歡的女孩兒買八王寺汽水。我已經習慣站在他們面前，自己主動把衣服脫掉，讓他們看清楚之後再把衣服穿上。這樣既能避過一些拳腳，還能節省時間，防止遲到。

我十二歲的時候，念到小學六年級，同年級的學生正在逐漸的流失，有些人已經沒有耐心把小學念完，開始離開豔粉街，各奔前程。母親希望我一直念下去，而且她想要攢錢把我送到市中心的初中，前提是我的成績能夠好一點，母親告訴我，你不要和你的同學比，你要想像這個世界上還有許多正常的孩子，他們每天讀書寫字，長大就會坐在有電風扇的辦公室裡上班，你要把他們當成對手，你要比他們成績更好。我說，媽，我不知道他們到底會考多少分？我怎麼和他們比呢？她說，你就想像他們永遠不會犯錯誤，他們像機器一樣，只要有電池，就不會寫錯一道題。我相信她的話，這條街區裡只有一個旱廁，冬天的早晨會在旱廁前面排起長隊，想要拉屎的人站在寒風裡等待著，相互說著話，嘴上冒著哈氣。有一次我看見一個大約四十幾歲的女人，正在和身邊的人開著玩笑，突然從隊伍裡跳出來，脫下褲子蹲在地上，把肚子裡的東西拉在冰面上，它們會長久地凍在那裡。我經常會想到這個景象，它像一隻手電筒一樣，直射我的眼睛，讓我在夜裡讀書時不那麼睏倦。

就在我要把六年級念完，準備小學畢業的時候，我又一次遭到了搶劫。首領是一個女孩子，身邊站著兩個和她同樣年紀的男孩兒。他們看上去十五六歲，以比例來說，比我大很多。我沒見過她，她穿著一條紅色的連衣裙，頭髮燙成一個一個大的彎弧，瀏海遮過了眼睛。腿上穿著黑色的絲襪。她首先抽了我一個嘴巴，認識我嗎？她說。我不說話，開始把書包翻過來，倒在地上。她又給了我一個嘴巴，我叫老拉，你有名字嗎？我說，我身上沒有錢，書包裡只有書和文具盒，你們自己看。老拉伸手拿起我的作文本，翻開，朝著她的兩個同夥說，題目，〈蚊子〉，男孩兒們笑了，其中一個抬腿踢了我一腳，說：傻逼，我叫蒼蠅。她繼續唸道：我家夜裡有好多蚊子，我打牠們，牠們就跑，好像牠們曾經被我打死過。她看了看我，繼續唸：我太小了，什麼也不懂，也許長大一點會懂，為什麼我們非要殺死蚊子，我們才能睡覺。她把作文本扔在地上，撿起我的文具盒，從裡面拿出我的鋼筆，你有鋼筆，她說，哪來的？我說，我爸給我買的。她把鋼筆放在絲襪裡說，我借走了，不過會還你的。他的同夥狐疑地看著她，其中一個把手伸向她的大腿，說：給我吧，你留著沒用。她把他的手按在腿上，說：你留著有用？你認字嗎？那人說：認得一些。她說：絲襪好嗎？他說：好。她掰起那人的手指說：那就撒手吧。然後她轉過頭對我說：我要拿它寫封信，兩三天就能寫好，三天吧，你到紅星台球廳找我。認識嗎？我說：認識，在廢品收購站對面。她說：你要是不來的話，我就當你送我了。說完她抬起手，我還以為她要再抽我一個嘴巴，她把頭髮簾撥了撥，走了。

那支鋼筆確實是我爸送給我的，不過不是他買的，他說是一個獄友送給他的。我爸把鋼筆放在我手裡，是他剛出獄不久，我正在趴在地上生爐子，用扇子努力把油氈紙搧著，他蹲不下來。他讓我進屋去給我看點東西。火著了起來，把細柴也引燃了，最後燒著的是煤塊。我墊上爐圈，放上水壺。他又叫了我一次，我站起來走進屋去，看見他坐在炕沿手裡拿著這支鋼筆。送你了，他說。我接過來，一支嶄新的英雄牌鋼筆，鍍金的筆尖，不鏽鋼的筆身和筆帽，拿在手裡像一顆細長的子彈。我說：爸，鋼筆哪來的？他看著我，不知道是我的問題讓他吃驚還是灶台的煙飄了進來，他好像要哭。在哪買的？我補充了一句。他把一條腿從炕上搬下來，站在地上，說：監獄裡的朋友送的，你好好看看，是新的。我說，是新的，確實是新的。他向外面走去，說：本來，他想用這玩意扎人來著。我說：後來呢？他說：沒扎。

紅星台球廳離我的學校不遠，不是我爸工作過的那一個，是另一個。在裡面玩的人大多年紀不大，便宜，是給小孩兒玩的台球廳，在牆角擺著三台大型遊戲機，幾個人手抓著搖柄，在玩「街頭霸王」，時不時從兜裡再掏出幣子塞進去。老拉正在和一個男孩兒打台球，這個男孩兒我也沒見過，他焗了一腦袋紅頭髮，好像一束活動的假花。老拉在進攻，她趴在台球桌上，一隻乳房幫助她固定住杆位，我看著她把白球從桌上打起，直飛到鄰桌的球中間，把那邊擺好的三角球型炸散了。然後她直起身子，看著桌面，好像局勢還在她控制之中，然後她從兜裡掏出五個幣子，放在桌沿上，說，輸了，明天再玩。

過來吧，蚊子。她衝我招手。我想提醒她我不叫蚊子，沒人願意叫蚊子，可是我沒說，她願意叫什麼就叫什麼吧，那是她的事兒。她坐在球桌旁邊的椅子上，讓我坐在她旁邊。你打台球嗎？她問我。我說，不打，不會打。她說，大型呢？玩嗎？我說，不玩。她說，你平常都幹嘛啊你？哎，你跟我說說，來這兒幹嘛來了？我說，來拿我的鋼筆。她說，鋼筆？什麼鋼筆？你以為這是文具店呢？傻逼。我說，咱們說好的，三天之前你把我的鋼筆借走了。她說，挑一樣。我說，什麼？她說，台球，大型，挑一樣，陪我玩一會兒。我說，我都不會，下午我還得上課。紅頭髮在旁邊自己和自己打著台球，不停地把球打偏。我說，如果你不給我，那我就走了。我站了起來，她仰著頭看我，說：那你隨便幹點什麼行嗎？你會什麼？隨便幹點啥。信我已經寫好了，你那破筆我留著也沒用。我說，我會背詩。我操，她高叫著，我操。我轉身準備走出去，她在我身後說，哎，你背吧，背完趕緊拿著破筆滾蛋，背吧，什麼詩？我轉回來，說：外國詩。她說，還會背外國詩？哪看的，不是你自己瞎編的吧。我說：不是，在書店看的。我和我媽去市裡買過書。她說，背吧，趕快，我還有事兒呢。我背到，我回到我的城市，熟悉如眼淚，如靜脈，如童年的腮腺炎。你回到這裡，快點兒吞下，列寧格勒河邊路燈的魚肝油。彼得堡，我還不願意死；你有我的電話號碼。彼得堡，我還有那些地址，我可以召回死者的聲音。她說，沒了？我說：還有，但是我就記到這裡，其餘的忘了。她說，列寧格勒是哪？我說，我不知道。她指著我，對紅頭髮說：老肥，你聽見沒，這傻逼會背詩。紅頭髮瘦得像餓狗一樣，卻叫老肥。他一邊打出一杆球，一邊說：我還會呢，鵝鵝鵝，曲頸向天歌，白毛浮綠水，紅掌撥清波。她對我說，我進去一趟，你們倆傻逼對詩吧。老拉進去之後，老肥把杆杵在地上，對我說，你怎麼認識老拉的？我說，忘了。他用杆頭指了指我，好像要把我打進洞裡，說，離她遠點。我說，我知道。他說，你知道個雞巴。說完他把白球擺好，再一次錯失了目標。

老拉出來的時候，手裡拿著我的鋼筆和一個信封，信封上有字。她說，陪我去把信寄了。我說，我要遲到了。我知道郵筒的位置，豔粉街裡唯一的郵筒，在它的邊緣，再往東，就是荒地了，我曾經遠遠地看過，有火車道，有土丘，再往那邊不知道有什麼，看不見了。我去的時候是冬天，給父親寄信，雖然知道會被退回。在信裡我用鋼筆寫了我最新學到的東西，默寫了圓周率的後十幾位，還跟他說了光合作用的原理。那天下雪，一列火車經過，能看見車窗裡的光亮，能看見有人躺在光亮裡，火車好像正在逃走的房子。我在想，信是怎麼寄到父親那裡的呢？難道郵筒底下有一個管道，直接通到監獄裡父親的房間？可並不是所有信都寄到監獄去的吧，那可真的需要好多通道才行。走吧，我有自行車，很快就到，很快就能回來，她說。我說，好吧，鋼筆我幫你拿著吧。她說，到那給你。

她的自行車很舊，橫梁，我懷疑過去不是她的。她讓我坐在後面，然後撩起裙子跨在上面，車座太高，她只好把屁股擱在橫梁上，腳才能搆到腳蹬子。她將鋼筆和信封夾在手指裡，騎得很快，路也很熟。我雙手扶著車座，防止轉彎的時候把我摔下來。她的脖子後面滲出了汗珠，細長的脖子，曲頸向天歌的鵝。我能看見她的抹胸在衣服裡拱出一片稜，能看見她被風吹起的裙擺裡，白色的褲衩。在我十二歲的這個盛夏的中午，我第一次感到身體裡一束遙遠的戰慄，它好像暴雨前的雷聲一樣，由遠及近，在我的身體裡炸開，然後蔓延開去。不知道是不是所有人都能夠感受到這種東西的實質，也許它的實質是故鄉的感覺，當然這是我後來對此的總結，也許很不準確。

郵筒在那，毫無疑問，它一直在那。老拉把信投進裡面，用手拍了拍郵筒說，綠哥們，全靠你了。我和自行車站在一起，看著郵筒背面的那片荒地，一片齊膝的雜草，前兩天下了一場暴雨，有很多大大小小的水坑。遠處是鐵軌，兩頭都看不見終點。老拉把自行車推到郵筒旁邊，鎖上，說，那頭去過嗎？我說，沒有，那頭有什麼？她說，煤廠，很大的煤廠，沒去過？我說，沒有。她說，沒人管，我去拿過煤，很經燒，姥姥說，這煤煉鋼都行。我說，鋼筆給我吧。她把鋼筆舉在我面前晃了晃，說，裡面還有墨水，我買了最貴的墨水，鴕鳥牌，我打聽過，鴕鳥牌最好。我想起母親這時候在烈日底下賣毛嗑兒，她要當場把毛嗑兒炒熟，用鐵鍬一樣的鏟子翻檢，也許不久之後，我就會離開這裡，到市裡去上學，住宿，不再用水井壓水，而是喝水龍頭的自來水。我問，那邊沒人管嗎？她說，我去過兩次，都沒有人，不知道為什麼沒有人，就是沒有人。去嗎？我說，我們用什麼裝煤呢？她說，用手，我們挑大塊的撿，四隻手能拿四塊，回來放在車筐裡。我說，我就拿兩塊小的。她用手推了我一把說，傻逼，說過了沒人管，當然撿大的拿。

我沒有想到，煤廠十分遙遠。其實我應該想到的，站在沒有視線阻礙的地方眺望，看不見大笑，手上沾滿了灰土。我說，你別催，馬上就會動了。我兩隻腳一前一後頂住後腰，腦袋含在胸前，牙齒咬在一起，鞋要擦出火星，車還是一動不動。她說，別推了，再推天黑了。她從車裡跳下來，指著車輪說，傻逼你看，鏽死了。果然是鏽死了，我忙著推車，沒看軲轆，車輪和鐵軌已經鏽在了一起，好像年老的夫妻。她說，伸出手來看看。我朝她伸出手，手心通紅，兩塊皮離開了手掌，像書頁一樣翻著。她把我的手揉了揉，然後拉住說，走吧，再玩就來不及了。

在我的記憶裡，那是第一次有女孩子拉起我的手。

翻過土丘，是一片煤的海洋，準確地說，應該是煤的山川。一座座煤山橫亙在眼前，高的有四五層樓，矮的也有兩層樓那麼高。在煤山之間的低窪處，有前兩天暴雨留下的積水，形成一個一個小型的人工湖，漆黑渾濁，水面上泛著油光。可是，雖然有無窮無盡的煤，卻沒有煤塊，都是煤沙。我說，你帶塑料袋嗎？她說，沒有，確實有煤塊，要再向前走。我搖搖頭說，到處都是水，走不過去了。她說，怎麼走不過去？我在前面走，你跟在我後面，我走過的地方你就能走。我說，不去了，鋼筆給我吧。我看著這些煤，它們潮濕鬆軟，黑色海綿一樣，而我和老拉，就像兩滴被風吹過來的清水，無足輕重的清水。我忽然想起來，我已經離開家這麼遠了，而且沒有人知道，這種恐懼突然抓住了我，搖晃我。她鬆開我的手，把鋼筆扔在我身上，說：愛去不去，破玩意給你。沒有自行車，看你怎麼走回去。然後獨自向前走去，腳落在煤沙上，發出踩碎枯葉一樣的聲音。我在地上撿起鋼筆，轉過頭，原路返回，翻過鐵門，走進高粱地，一隻大老黃落在我肩膀上，用翅膀小心地保持著平衡。我逮住牠，用手撫摸著牠的翅膀，牠沒有害怕，用觸角輕輕碰著我的手指，我鬆開手，牠慢慢的升高飛走了。天空中開始看不見太陽，我四處尋找，確定太陽正在落向我們來的方向，我在心裡努力記住這件事情。我又想了想父親和母親，主要是想了想父親的樣子，他其實大多數時候是個靦腆而沉默的人，不知道是不是監獄裡都是這樣的人，因為膽小而犯罪，應該不會吧，肯定不是這樣。我不能扔下老拉。我轉向煤電四營的方向，吸了一口氣，跑了起來。

我找到了老拉的腳印，她的腳步均勻，好像知道自己的目的地，腳印是一條直線。我踩著她的腳印向前走，煤沙和我想的一樣，如同泥巴，不過因為年紀小，骨頭輕，所以只要不是用力跺腳，可以在上面行走。翻過了一座煤山，看見兩個挖煤的鏟車停在那裡，腳印穿過了其中一輛。老拉應該是在上面坐了一會，我也蹬了上去，所有東西都生鏽了，車胎也早就乾癟，鏟車的翻斗裡，盛滿了雨水。這裡不是列寧格勒，這是一個遺失的世界。我在鐵斗裡喝了一點水，如果老拉還沒有喪失理智的話，她也應該在這裡喝水，否則不久之後，水會成為問題。我喝過了水，又洗了臉和手，繼續沿著腳印走。不知走了多久，一直沒有看到老拉的身影，我喊她，也沒有回應，天已經開始黑了起來，身後的鏟車早已經看不見了，被一座座的煤山遮住。我沒有害怕，至少我還有自己的腳印可以走回來。我不認識老拉，我跟她在一起的時間不超過一天，我幾乎不知道她的任何事情，她是一個女孩兒，她也許比我瘋狂，我就知道這些。可在此時此刻，我唯一想要做的事兒就是把她找到，然後一起離開這裡，就算把我的鋼筆給她也行，我必須得這麼幹。走到兩座煤山之間的一個岔口，問題出現了。地上突然多出了好多腳印，雜亂無章，向著四面八方走去，我蹲在地上，仔細地比對腳印，看不出新舊，因為天氣太熱，新的腳印不會像剛剛踩過那樣潮濕，而且大小都差不多，也許是老拉自己的，那只能說明她迷路了，走回了原點，又向著另一個方向走去。我又一次扯開喉嚨大喊：老拉，老拉。我希望這是她的真名字，這樣即使她聽不見，也能感覺到有人在喊她。沒有人回應。我只能選擇其中一條腳印走上去，我選擇了向著更遠方向的那條。

天已經完全黑了。盛夏的夜風吹起來，可是並不讓人感到涼快，這裡沒有一株植物，沒有一顆草，沒有麻雀，沒看到有一隻鳥或者昆蟲飛過。腳印快要看不清了，我把跨欄背心脫下來，撕碎，一點點地扔在地上，走了一會兒，跨欄背心也用完了，可是腳印還在延伸。我忽然想到，如果我錯了，再向前走，可能我就走不出來了。如果我對了呢？老拉就在前面，我們能夠走出來嗎？會有人發現我們嗎？嗓子乾燥得好像炕爐，四處都是積水，可是不能喝。我突然想要拉屎，拉過之後，用內褲擦了屁股，然後把內褲蓋在上面，這是一個標記。現在我的體內空空如也，連屎也沒有了。我坐在地上歇了一會，繼續向前走，邊走邊俯下身，仔細辨認腳印，在一座煤山的半山腰，腳印斷了。我的眼睛已經適應了黑暗，我看見在煤山的側面，有一攤積水，看不清有多深。我喊了老拉的名字，聲音乾裂得好像大人。我坐在煤上，向著積水一點一點滑動。一隻手，一隻手在水邊。我把鋼筆放在旁邊，拽住那隻手，不過不敢太用力，我怕被那隻手拖進水裡。我明白這件事情的原理，她跌入了水裡，雙腳陷進了水裡的軟煤中。她掙扎呼救，可是水還是沒過了她的頭顱，不過水底的煤並不沒有被完全浸透，陷入到一定程度就會停下，她的手就這麼搭在了水邊。我用了幾次力氣，都沒法撼動她。我順著原路返回，尋找工具，我卸下了一輛煤車上面的手刹桿，那東西好像風化的石頭一樣，折斷了。我脱下身上僅剩的東西：穿在外面的短褲，把她的手綁在鐵杆上，然後緩慢地向外拖動她。不知道用了多久，有幾次我感到肺子裡好像要爆炸一樣，我終於把她拖了出來。她穿著一條有著粉色花瓣的裙子，腳上沒有鞋。

我赤身裸體地在屍體旁躺了一會。不是老拉，她看上去和我年紀差不多，臉雖然脹了，可是看著還是很清秀，鼻子小巧精緻，好像麵團捏的。她的頭上梳著兩個揪揪，上面都是煤渣。她是來撿煤塊的嗎？或者她是陪別人來的？我有種不好的感覺，自己快要睡著，我坐了起來，捏了捏自己的臉，鋼筆叼在嘴裡，把屍體背在身上，向著原路走去。

屍體貼著我光溜溜的脊背，我的身體好像在結著殼。我確信我自己曾經睡過去幾次，邊走邊睡，我想喝水，我想吃東西，我想把她帶出去。不知道為什麼，也許我覺得，一旦走出了這裡，她就會從我的後背跳下來走掉，她死在這裡，她僅僅死在這裡。

後來母親告訴我，她等了我一宿，我沒有回家。第二天她沒有出攤，而是去學校，去我可能去的地方找我，詢問了前一天見過我的人。她見到了老肥，然後見到了老拉。老拉矢口否認曾經見過我，可是我媽抽了她幾個嘴巴，她看出來她在撒謊。我媽找到我的時候，我一絲不掛趴在那個鐵門裡面，嘴裡咬著鋼筆，渾身漆黑，背上有一具高度腐爛的屍體。我很快甦醒過來，考上了市裡的初中，離開了豔粉街。我問過母親那具屍體後來怎麼樣了，她說交給了警察，然後就沒了下文，好像一直沒人認領，也許是流浪兒，然後應該是燒掉了，灑掉了。

我離開那裡之前見過老拉，她和幾個男孩兒走在一起，指著我說，他就是蚊子。哎，蚊子，有幣子嗎?大型的幣子?她忘了我曾經說過，我不玩大型。她和外婆生活在一起，母親在廣州，做什麼不知道，也許老拉有她的地址。

過了一段時間，差不多是我婚後的三個月左右，我收到了父親的回信，信很簡短，是用鉛筆寫的：

祝賀。多寫東西，照顧好身邊的人，你比我強。不要再寫信給我，眼睛越來越花，如果有婚禮的照片，可以寄給我看。過去我送過你一支鋼筆，你還記得嗎？如果還在，寄給我，我想看看，然後還給你。如果沒有了，就算了。再次祝賀。

終點

張可心情不好的時候，就去輸銀行卡密碼。

那是她在飯店撿到的一張銀行卡，擦桌子的時候發現的，天藍色，上面有一個多啦A夢。密碼只能輸三次，她是知道的，所以不到關鍵時刻，她不會去用。前面兩次，一次是一個姐妹的手讓火鍋湯給燙了，沒治，後來少了一根手指頭。第二次是老家的三刀死了，三刀是她的狗，父母在其他城市打工，五年裡面，爺爺奶奶姥姥姥爺陸續死了，最後三刀也死了。據說三刀臨死之前到鄰居的門前汪汪叫，她分析是想讓鄰居給她打一個電話。

而這一次，是她的男友讓她去洗浴中心工作。

「我不去。」她說。

「為啥？娟子不就去了？」

「所以我不去。」

「為啥不去？」

「就是不去。」

男友喜歡待在網吧，有時候一天一宿也不回來。
「你是不覺得不正經？」
「我沒。」
「正經著。就是端茶倒水，上班還近，我接你。」
「不是端茶倒水。還讓你按腳。」
「按個腳能咋地？有些人的腳，比飯店的桌子乾淨。」
「才不。臭的。按上腳，手就髒，回不來頭。」
「你他媽和錢有仇？」男友站起來，踹了她一腳。
她沒哭，抿著嘴不動，
「你別逼我，飯店多做幾天，也能供你玩。」
「我為玩？我為你。回家也能像個樣子。」
「家不回了。沒人了。」
「你以為你那玩意是金的？告訴你，我一個人操的，人人都操得。」
他摔門走了，張可在屋子裡看了一晚上《我叫金三順》，笑得不行。凌晨三點，他還沒回來，電話也不接，張可鎖好門，去自動取款機試密碼。
她盯了多啦A夢一會，輸了自己的生日，成了，竟是同年同月同日生。卡裡有一塊錢。取款機沒有一塊錢，她坐在銀行門口等著。開門之後，她把一塊錢取了出來。回到家，把兩人的髒衣服洗了，找出方便麵擺在桌上。然後收拾了自己的衣服，塞進箱子，拖著走到公車站。

來了一輛車，她上去把一塊錢投進玻璃箱子。

「師傅，我去終點。」

「關我什麼事？」

「是，我就是說一下。」

車開了起來，她下意識地看了看車窗旁邊的路線圖。

下一站就是終點。

終點不遠。

後記

人很難在生活中感到完全舒適，這不是生活的問題，因為生活說到底是人的創造，或者說是人的虛構，人的能力有限，欲望又大多超出能力，所以難以把自己置於恰當的位置。我本人其實在生活中很糊塗，很多時候依據下意識生活，一些定見，胎帶的立場，以及自我保護的動物屬性，但是在內心裡，又經常渴望徹底，徹底地投入，徹底地爬升。問題就在於，如果對象是人，徹底地投入便有極大的風險，比方說愛，都有自己的算盤，因為人不可靠，表面看起來千差萬別，深挖下去相似性很大，都沒那麼好，把悲欣懸於人手，總歸有些不安全。要說恨，也不值得，徹底的恨和愛一樣蠢，都有失風度。這兩樣定見看似透徹，其實是對自己的憐憫，矛頭指向別人，問題還在自己。所謂爬升，是男人的通病，開疆破土，但開風氣，可惜在世俗層面，想要爬升，或多或少要跟浮士德定約，最近我眼見浮老兄在我周圍晃蕩，給我諸多提示，可是還是下不了決心，這就是我的不徹底性，也就是沒出息的地方，總想著，有卵用，大不了回家繼續找個單位做職員。

說了這麼多題外話，其實是想話鋒一轉，說藝術。從沒想多當藝術家，充其量是個手工藝者，這麼自貶的意義何在，自己也不甚清楚，可能是為自己緩解壓力，也可能是見過不少偽藝術家，給自己扣這頂帽子多少有點傷自尊。不過就寫作這個行當而言，確實不是手工藝者那麼簡單，還是和藝術沾邊，手工藝者不會瘋，藝術會使人發瘋，從這個角度說，作家還是跑不出藝術從業者的範疇，一種病人。寫作有點好處，就是扛得起徹底，與現實相對照地看，寫作就顯現出不同，你可以全情投入，把一切推向極致，放泄自己徹底的一面，它不會騙你，也不會辜負你，因為這裡頭可以沒有得失，只有付出本身。當一個事兒超越了得失，這個事就變得特別了不少，也簡單了不少，至少就我而言，我寫作是為了想事情，如果真有所得，也並非表面意義上的得，而是希望救自己。度人先度己，正是藝術家所為。度了不自己，度人的意義何在，我想不明白，所以我是個自私的寫作者，我承認。

這個集子有十一篇小說，長的有三萬多字，短的只有七百字，對於我來說是一樣的，都是跟自我交談的產物，有話則長，無話則短，於是便形成了中篇短篇極短的短篇。回頭看，有的確實寫的沒什麼意思，不知當時為什麼要寫，但是細究起來，肯定是當時有個什麼情緒，就寫下來，即使不太好，有一點作用，就是給簡陋的思考留了影，至少知道當時自己在想什麼。有的有些閃亮的地方，但是真的不多，看來寫作是個難事，即使當時寫完引以為傲，回頭再看，不用別人說，自己也覺得在時光的考驗底下，有些失色。而且這些東西有一個通病，就是有些順撇，有些平滑，牛角尖鑽得不夠，因為怕瘋，所以徹底的程度現在看來讓自己覺得有點寒磣。說到底可能是因為我是個安分乏味的人，這是我的局限，我也得承認。

有一點好的跡象，出現在當下。當下的我要比過去不安一些，有些過去認為確鑿的事情，現在又開始重新琢磨，線性的，達爾文式的東西也開始分岔和倒退。對瘋狂的恐懼也沒有過去那麼大，可能是隨著年紀增大，多了一點膽色。浮士德先生，也許不久我就會請他坐下來談談，具體談得如何還不知道，喪失自己非我輩所能做到，我可能永遠不會把靈魂交給他人，但是傾聽總是有些益處，就如同向地獄底下望望，可能會對天堂有更深的認識。

二〇一六年七月十一日

附錄 雙雪濤創作年表

作品名稱	刊物（或出版社）
〈翅鬼〉（長篇）	《中國時報·人間副刊》二〇一一年
《翅鬼》（長篇）	遠流出版公司二〇一一年五月
《翅鬼》（長篇）	春風文藝出版社二〇一二年八月
〈我的朋友安德烈〉（中篇）	《文學界》二〇一三年第六期
〈靶〉（短篇）	《芳草》二〇一三年第六期
〈無賴〉（短篇）	《文學界》二〇一三年第十期
〈北極熊〉（中篇）	《芙蓉》二〇一四年第一期
〈冷槍〉（短篇）	《芙蓉》二〇一四年第一期
〈大路〉（短篇）	《上海文學》二〇一四年第二期
〈跛人〉（短篇）	《收穫》二〇一四年第四期
〈大師〉（短篇）	《西湖》二〇一四年第八期
〈長眠〉（短篇）	《西湖》二〇一四年第八期
〈安娜〉（短篇）	《創作與評論》二〇一四年第九期
〈生還〉（短篇）	《山花》二〇一四年第十期
〈終點〉（短篇）	《鯉·不上班的理想生活》二〇一五年一月

〈自由落體〉（短篇）	《青年文學》二〇一五年第一期
〈聾啞時代〉（長篇）	《鴨綠江》二〇一五年第一期～第五期
〈平原上的摩西〉（中篇）	《收穫》二〇一五年第二期
〈走出格勒〉（短篇）	《十月》二〇一五年第四期
〈天吾手記〉（長篇）	《花城》二〇一六年第三期
〈光明堂〉（中篇）	《江南》二〇一六年第三期
〈蹺蹺板〉（短篇）	《收穫》二〇一六年第三期
《天吾手記》（長篇）	花城出版社二〇一六年五月
《平原上的摩西》（中短篇小說集）	百花文藝出版社二〇一六年六月

人間
書訊

當代大陸新銳作家系列

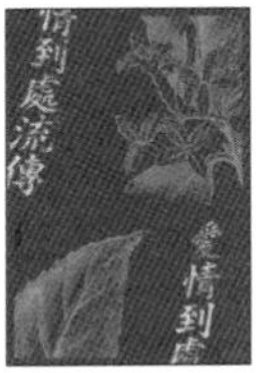
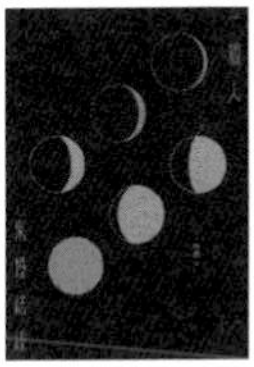

01 **在雲落**　張楚著　二〇一四年十二月出版

二〇一四年魯迅文學獎得主張楚第一本台灣版小說集

河北作家張楚的《在雲落》以現代主義筆緻，書寫北方小縣城裡面貌模糊、生存堪慮的人們面對生活中種種困阨與苦難時的現實選擇與精神狀態。無論是〈曲別針〉裡既是殘暴凶手也是慈愛父親的宗國，或是〈七根孔雀羽毛〉裡吃軟飯的宗建明，甚者是〈細嗓門〉裡因不堪長期家暴殺了丈夫後，被捕前到了閨蜜所在的城市，想幫閨蜜挽救婚姻的女屠夫林紅；張楚既逼近他們的生命創傷又滿含悲憫，寫出他們絕望的黑暗與卑微的精神追求，介乎黑暗與明亮間蒼茫的生存景觀。

02 **愛情到處流傳**　付秀瑩著　二〇一四年十二月出版

被譽為具有沈從文之風的七〇後女作家

在《愛情到處流傳》中，北京作家付秀瑩以沉靜的目光靜看「芳村」，遙念「舊院」，不管是「芳村」系列中農村大家庭裡夫妻、母女、贅婿們之間的愛情與競爭，或者是〈小米開花〉裡，小米的性啟蒙與看待身體的方式，無一不精準的抓到鄉村人們特有的、微妙的人際關係、獨特的處世方式與世界觀。另一部分作品則是書寫都市人們精神與情感的隱密曖昧：〈出走〉裡男性小職員亟欲逃離瑣碎平庸日常生活的衝動；〈醉太平〉中學術圈裡浮沉男女的利益交換、欲望追逐；〈那雪〉則寫出了都市女性的情感缺憾。付秀瑩以傳統溫柔敦厚的溫暖剔透筆法，書寫了這人世間的岑寂荒涼。

03 **一個人張燈結彩**　田耳著　二〇一四年十二月出版

當魯蛇（loser）同在一起！

《一個人張燈結彩》具有鮮明的通俗色彩，來自湘西鳳凰的田耳筆下的人物都是現實世界中的失敗者、邊緣人、被損害者，他們在陰鬱、沒有出口的情境中，群聚在一起，以欲望反抗現實困厄的生存法則，以動物感官吹響魯蛇之歌。他們欲以魯蛇之姿，奮力開出一朵花。

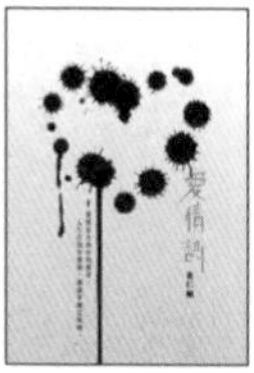

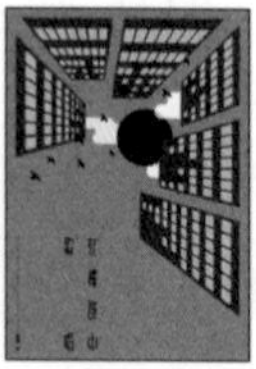

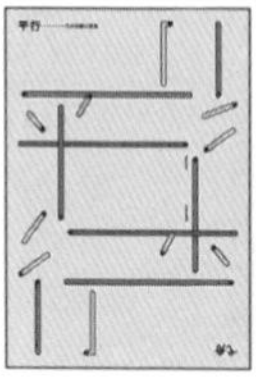

04 **愛情詩**　金仁順著　二〇一四年十二月出版

與衛慧、棉棉、陳染齊名的七〇後女作家

二〇〇二年的〈水邊的阿狄麗雅〉造就了二〇〇三年張元、姜文和趙薇的電影《綠茶》。

二〇〇九年的〈春香〉又開啟了朝鮮民間傳說的故事新編。

不管是朝鮮族的金仁順、女作家的金仁順，或是編劇的金仁順，她總面對著愛情，描繪著孔雀開屏時的美好與幸福，以及華麗開屏背後的殘酷與幽微。

05 **在樓群中歌唱**　東紫著　二〇一四年十二月出版

山東作家東紫擅長日常生活化敘事，在《在樓群中歌唱》一書中，她敏銳細膩地觀察人情百態，寫出各階層人物在近乎無事日常生活中的情感空虛與心靈創傷。〈白貓〉藉由一隻白貓介入初老失婚男性與闊別十年的十八歲兒子重聚的生活，帶出父親對兒子期待又戒慎恐懼的情感、初老失婚男性枯寂冷漠的生活與對生命的回顧與甦醒。〈在樓群中歌唱〉中，透過喜歡唱著「我在馬路邊撿到一分錢，把它交到警察叔叔手裡邊」的清潔工李守志無意間撿到十萬元所引發的波瀾，寫出消失中的德性與安於本分的快樂。東紫的作品看似庸常，卻宛若「顯微鏡」般總能於瑣碎中見深刻。

06 **狐狸序曲**　甫躍輝著　二〇一四年十二月出版

剛滿三十歲的甫躍輝來自中國南方邊陲保山，大學考上了上海復旦大學，從此開始了一個鄉村青年的都市震撼教育，也開啟了他的創作之路。身為作家王安憶的學生，也為現在大陸最受注目的八〇後青年作家之一，他的小說主人公多數和他自身一樣，是外地移居上海的異鄉人，他們孤寂，他們飄零，他們邊緣，他們是大城市中的一點浮塵微粒，他們存在，但並不擁有這個世界。然而，這群浮塵微粒也有過去，因此，他也喜寫老家保山，這個孕育他想像力的故鄉。在這些鄉村書寫中，可以察覺出他對幼年時代農村生活的懷念。然而，懷念亦表示這群浮塵微粒再也回不去了，他們注定在這個世界中繼續飄零。

07 **平行**　弋舟著　二〇一五年十一月出版

蘭州作家弋舟寫作題材多元，他描寫愛情、親情、友情，他勇於直面社會的不公、時代的不義、人身肉體的老朽、愛情的逝去、親情的消融、友情的善變。弋舟用他充滿愛情的眼光，深情的注視著這些生活中的起承轉合、陰晴圓缺，然後執筆，將這一切化作一句句重情又深刻的文字。

08 走甜　黃咏梅著　二〇一五年十二月出版

杭州七〇後女作家黃咏梅擅長從日常出發，透過一點一滴、細水長流般的生活細節，描繪出單身大齡女性的複雜心理和細緻的情感流動。她筆下的女人們，多數生活在狹小的南方騎樓。她們煲湯，她們喝粥；她們有情有義，有哀有怨；她們不死去活來，不驚天動地；她們放下浪漫，立地成佛；她們在平凡的日常中，過得有苦有甜，有滋有味。

09 北京一夜　王威廉著　二〇一五年十二月出版

定居廣州的八〇後作家王威廉喜從哲學思辨出發，透過他筆下的一個一個人物、一篇一篇故事，討論人的存在意義，並對虛無和絕望進行巨大的反抗。如此，王威廉的作品成為在思想與藝術張力之中，又隱含著深奧迷思的詭祕綜合。

10 春夕　馬小淘著　二〇一五年十二月出版

北京女作家馬小淘小說中的角色幾乎都是伶牙俐齒的新世代少女，她們多數從事廣播工作，透過作者幽默犀利的對話和明快聰慧的筆調，表現出這批新世代年輕人的機靈、俏皮與刁鑽，字裡行間充盈著八〇後的生猛活力。然而，她們並非不解世事。在一些世故卻又淡然的細節和收束中，我們又可以看出這些新世代少女直面低工資、無情愛、蟻族困境等日常生活壓力時的韌性和勁道。

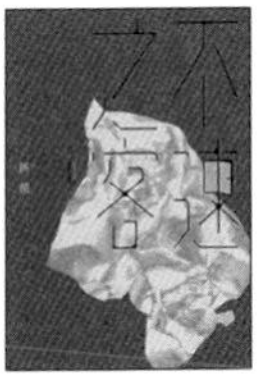

11 不速之客　孫頻著　二〇一五年十二月出版

太原八〇後女作家孫頻迥異於一般女作家溫柔婉約的陰柔寫作特質，以極具力道和痛覺的陽剛式寫作方式，創作出一篇篇討論底層人們生存與死亡、尊嚴與卑微、幸福與苦難的作品。透過這些懷有強烈敘述美學和文字魅力的作品，孫頻展現出在人間煉獄中，人們用殘破的肉身於黑暗與光明中穿梭、抗爭的力度、堅韌與尊嚴。

12 某某人　哲貴著　二〇一五年十二月出版

溫州作家哲貴運用他曾經擔任過經濟記者的經驗，創造出「住酒店的人」、「責任人」、「空心人」、「賣酒人」、「討債人」這五種類型的人物，並透過這些人物描繪出中國改革開放之後的巨大社會困境，以及由此帶來的人心的徬徨與荒涼。這群人在被他命名為「信河街」的經濟特區中，在各大高檔會所、高爾夫球場、高級餐廳中進行巨大的資金、商業交易和利益交換，然而經濟危機讓他們無法從中脫身，他們躁動不安、騷動無助，他們漸漸的迷失於商業數字中。最後，在大環境一步一步的侵逼之下，人心只能深陷於迷惘、浮動、空心和荒蕪中，無法自拔。

13 世間已無陳金芳　石一楓著　二〇一六年九月出版

七〇後的石一楓被認為是踵繼王朔的「新一代頑主」，寫作上呈現著戲謔幽默的京味語言，敘述風格亦莊亦諧。本書收錄他的兩篇中篇小說〈世間已無陳金芳〉和〈地球之眼〉。前者透過農村姑娘陳金芳的命運，揭露我們這個時代最深刻的祕密，也透過陳金芳的遭遇，唱出一首全球化下失敗青年的黑色輓歌。後者則在探討人的成功與失敗問題，特別引人注意的是，圍繞著主人公安小男的遭遇所呈現出來的資訊時代的道德意識問題。

人間文學

01 山南水北　韓少功著　二〇一四年七月出版

韓少功散文集《山南水北》的最新繁體中文版

《山南水北——八溪峒筆記》是韓少功在多年以後從大城市重新回到文革時期下放的農村，重新拿起農具務農的農村生活筆記。書中充滿了他對生命、農村、勞動、農民、自然的重新思考。特別是在現今這個只講求GDP成長的時代，韓少功對生命、農村、勞動和自然的重新探索，開啟了我們面對世界時的另外一種思索與想像。

02 中國在梁庄　梁鴻著　二〇一五年五月出版

梁鴻在離家二十多年之後，回故鄉「梁庄」以田野考察的方式，再現中國的轉型之痛、農村之傷。透過作者具有思考力的觀察和誠懇、踏實的文筆，我們看到在當代中國經濟朝前飛越、並取得莫大的成功的同時，沒有討到便宜的「農村」在這過程中，逐漸崩壞、瓦解，漸成一個廢墟，產生了諸多的問題，比如留守老人、留守兒童產生的家庭倫理和教養問題，天主教進入農村產生的「新道德」之憂，離鄉青年們在中國當代大規模經濟資本下的生存苦鬥，成年「閏土」們欲走還留的困境，與農村改革與鄉村政治之間的衝突與折衝等等。透過梁鴻筆下的「梁庄」故事，除了道出「梁庄」這一農村的困境，更道出中國近二十年被消滅的四十個農村的美麗與哀愁。

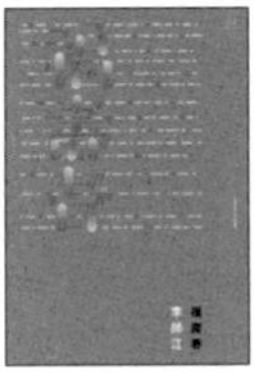

03 **福壽春**　李師江著　二〇一五年六月出版

在現代和傳統兩造之間欲走還留的鄉村圖景

《福壽春》是一部世情小說，且是一部近期少見的用章回體創作的長篇小說，李師江從世道人心的角度書寫現代鄉村生活。書中，李師江刻畫了一個李福仁家庭兩代人——父母與四個兒子的倫常關係與命運，透過這一家兩代人描述了中國東南海邊鄉村近十幾年來的風土人情，可說是一幅充滿命運感、生命力的風俗畫。但李師江並不著急表達這種生活的意義所在，而是用如同工筆畫一般的細膩筆觸，著力對生活本身進行日常化的精細描摹，由此我們看到一個在現代和傳統兩造之間欲走還留的鄉村圖景——又耕田又種花又做海的農民生活，迷信色彩與傳統觀念交織的鄉村精神世界，老一代農民與下一輩觀念斷裂中的痛楚和傷感，一個從農耕社會城市化正在消失的農村。

04 **出梁庄記**　梁鴻著　二〇一五年七月出版

梁鴻於二〇一〇年推出《中國在梁庄》之後，深感必須把散落在中國各處打工的「梁庄人」都包括進去，才是真正的「梁庄」故事。因此，他歷時兩年，走訪十餘個省市，再度以田野調查的方式訪問了三百四十餘人，最後以二十二萬字和照片，描繪出這些出梁庄的人們——也就是我們熟知的「農民工」、當代中國的特色農民——的生活與精神樣貌。他們遠離土地已久，長期在城市打工，他們對故鄉已然陌生，但對城市卻也未曾熟悉。不管在哪裡，他們都是一群永恆的「異鄉人」。梁庄外出的打工者是當代中國近二．五億農民工大軍中的一小支，從梁庄與梁庄人的遷徙與命運、生存與苦鬥，可以看到當代中國的細節與經驗的美麗與哀愁、傲慢與偏見。看梁庄人出走的路徑，也就如同在看中國農民從農村——土地出走的過程，看得見的「梁庄」故事編織出一幅幅看得見的與看不見的當代中國。

國家圖書館出版品預行編目(CIP)資料

我的朋友安德烈 / 雙雪濤作. --初版. --臺北市：人間, 2016. 11
216面；14.8 x 21 公分
ISBN 978-986-93423-6-0 (平裝)

857.63　　105018613

我的朋友安德烈

作者　雙雪濤
執行編輯　曾药筑
校對　蔡鈺淩、高怡蘋、邱月亭、曾药筑
封面設計　蔡佳豪
內文版型設計　黃瑪琍
排版　仲雅箹

發行人　呂正惠
社長　林怡君
出版　人間出版社
台北市長泰街五十九巷七號
電話　(02)23370566
傳真　(02)23377447
郵政劃撥　11746473・人間出版社
電郵　renjianpublic@gmail.com

定價　二八〇元
初版一刷　二〇一六年十一月
ISBN　978-986-93423-6-0

印刷　崎威彩藝有限公司
總經銷　聯合發行股份有限公司
新北市新店區寶橋路二三五巷六弄六號二樓
電話　(02)29178022
傳真　(02)29156275